国际大奖小说

西班牙约瑟夫·M.福尔奇·伊·托雷斯儿童文学奖

亲爱的怪物先生

ESTIMAT MONSTRE

[西] 路易斯·普拉茨 / 著
[西] 莱娅·潘珀尔斯 / 绘
陆仪婷 / 译

天津出版传媒集团
新蕾出版社

图书在版编目（CIP）数据

亲爱的怪物先生 / (西) 路易斯·普拉茨著；(西)莱娅·潘珀尔斯绘；陆仪婷译. -- 天津：新蕾出版社，2022.1(2022.2 重印)
(国际大奖小说)
ISBN 978-7-5307-7315-4

Ⅰ. ①亲… Ⅱ. ①路… ②莱… ③陆… Ⅲ. ①儿童小说–中篇小说–西班牙–现代 Ⅳ. ①I551.84

中国版本图书馆 CIP 数据核字(2021)第 230263 号

Title: ESTIMAT MONSTRE

津图登字:02-2020-404

书　　名:亲爱的怪物先生　QIN'AI DE GUAIWU XIANSHENG
出版发行:天津出版传媒集团
　　　　　新蕾出版社
http://www.newbuds.com.cn
地　　址:天津市和平区西康路 35 号(300051)
出 版 人:马玉秀
电　　话:总编办(022)23332422
　　　　　发行部(022)23332351　23332679
传　　真:(022)23332422
经　　销:全国新华书店
印　　刷:天津新华印务有限公司
开　　本:880mm×1230mm　1/32
字　　数:55 千字
印　　张:5.5
版　　次:2022 年 1 月第 1 版　2022 年 2 月第 2 次印刷
定　　价:32.00 元

一辈子的书

◎梅子涵

◆亲近文学◆

一个希望优秀的人，是应该亲近文学的。亲近文学的方式当然就是阅读。阅读那些经典和杰作，在故事和语言间得到和世俗不一样的气息，优雅的心情和感觉在这同时也就滋生出来；还有很多的智慧和见解，是你在受教育的课堂上和别的书里难以如此生动和有趣地看见的。慢慢地，慢慢地，这阅读就使你有了格调，有了不平庸的眼睛。其实谁不知道，十有八九你是不可能成为一个文学家的，而是当了电脑工程师、建筑设计师……可是亲近文学怎么就是为了要成为文学家，成为一个写小说的人呢？文学是抚摸所有人的灵魂的，如果真有一种叫作“灵魂”的东西的话。文学是这样的一盏灯，只要你亲近过它，那么不管你是在怎样的境遇里，每天从事怎样的职业和怎样地操持，是设计房子还是打制家具，它都会无声无息地照亮你，使你可能为一个城市、一个家庭的房间又添置了经典，添置了可以供世代的人去欣赏和享受的美，而不是才过了几年，人们已经在说，哎哟，好难看哟！

谁会不想要这样的一盏灯呢？

◆阅读优秀◆

文学是很丰富的，各种各样。但是它又的确分成优秀和平庸。我们哪怕可以活上三百岁，有很充裕的时间，还是有理由只阅读优秀的，而拒绝平庸的。所以一代一代年长的人总是劝说年轻的人："阅读经典！"这是他们的前人告诉他们的，他们也有了深切的体会，所以再来告诉他们的后代。

这是人类的生命关怀。

美国诗人惠特曼有一首诗：《有一个孩子向前走去》。诗里说：

> 有一个孩子每天向前走去，
> 他看见最初的东西，他就变成那东西，
> 那东西就变成了他的一部分……

如果是早开的紫丁香，那么它会变成这个孩子的一部分；如果是杂乱的野草，那么它也会变成这个孩子的一部分。

我们都想看见一个孩子一步步地走进经典里去，走进优秀。

优秀和经典的书，不是只有那些很久年代以前的才是，只是安徒生，只是托尔斯泰，只是鲁迅；当代也有不少。只不过是我们不知道，所以没有告诉你；你的父母不知道，所以没有告诉你；你的老师可能也不知道，所以也没有告诉你。我们都已经看见了这种“不知道”所造成的阅读的稀少了。我们很焦急，所以我们总是非常热心地对你们说，它们在哪里，是什么书名，在哪儿可以买到。我就好想为你们开一张大书单，可以供你们去寻找、得到。像英国作家斯蒂文生写的那个李利一样，每天快要天黑的时候，他就拿着提灯和梯子走过来，在每一家的门口，把街灯点亮。我们也想当一个点灯的人，让你们在光亮中可以看见，看见那一本本被奇特地写出来的书，夜晚梦见里面的故事，白天的时候也必然想起和流连。一个孩子一天天地向前走去，长大了，很有知识，很有技能，还善良和有诗意，语言斯文……

同样是长大，那会多么不一样！

◆自己的书◆

优秀的文学书，也有不同。有很多是写给成年人的，也有专门写给孩子和青少年的。专门为孩子和青少年写文学书，不是从古就有的，而是历史不长。可是已经写出来的足以称得上琳琅和灿烂了。它可以算作是这二三百年来我们的文学里最值得炫耀的事情之一，几乎任何一本统计世纪文学成就的大书里都不会忘记写上这一笔，而且写上一个个具体的灿烂书名。

它们是我们自己的书。合乎年纪，合乎趣味，快活地笑或是严肃地思考，都是立在敬重我们生命的角度，不假冒天真，也不故意深刻。

它们是长大的人一生忘记不了的书，长大以后，他们才知道，原来这样的书，这些书里的故事和美妙，在长大之后读的文学书里再难遇见，可是因为他们读过了，所以没有遗憾。他们会这样劝说："读一读吧，要不会遗憾的。"

我们不要像安徒生写的那棵小枞树，老急着长大，老以为自己已经长大，不理睬照射它的那么温暖的太阳光和充分的新鲜空气，连飞翔过去的小鸟，和早晨与晚间飘过去的红云也一点儿都不感兴趣，老想着我长大了，我长大了。

"请你跟我们一道享受你的生活吧！"太阳光说。

"请你在自由中享受你新鲜的青春吧！"空气说。

"请你尽情地阅读属于你的年龄的文学书吧！"梅子涵说。

现在的这些"国际大奖小说"就是这样的书。

它们真是非常好，读完了，放进你自己的书架，你永远也不会抽离的。

很多年后，你当父亲、母亲了，你会对儿子、女儿说："读一读它们，我的孩子！"

你还会当爷爷、奶奶、外公和外婆，你会对孙辈们说："读一读它们吧，我都珍藏了一辈子了！"

一辈子的书。

献给我的兄弟哈维和桑迪

“维斯特雷和我因爱的纽带而紧紧相连，

纵有千条狗也难觅其踪，

纵有千把剑也无法击破。”

——威廉·高德曼《公主新娘》

目　录

1.街道尽头的大房子

在世界上任何地方，人们只要谈起食人魔和怪物，都会脸色大变。因为食人魔和怪物总是出现在风雪交加的夜晚，还伴随着令人不寒而栗的尖叫声。

它们中有些长着圆滚滚的大肚子和毛茸茸的长手臂，那凶神恶煞般的形象会吓跑所有人、所有动物。

它们中有些来自很遥远的地方，还有一些只会在梦中出现。

然而，我认识的那个“怪物”却不属于以上任何一种。我第一次见到他是在十月的一个下午，那时我刚吃完午饭。

正当我把鼻子紧贴在窗户上，看着窗外雨滴顺着树木的枝干滑落时，卧室的门被轻轻推开……妈妈出现了。

“快看谁来看你了。”她说道。

“奥尔佳吗？”我有些疑惑地问。

不，来者并不是我在学校里的那个好朋友，而是我的奶奶佩

皮塔。她笑着向我打招呼，那笑容灿烂得令她的两颊都鼓了起来。

“你好呀，小鼠崽儿，你的感冒怎么样啦？”

这种“小鼠崽儿”“小男孩”或“小苗苗”之类的称呼是奶奶对我特有的昵称。我很确定班上没有其他人被这样叫过，但我无所谓。我喜欢奶奶，尽管她每次给我一个熊抱之后，都会在我身上留下浓烈的薰衣草香味。

“非……非……非常好，好多……多了。”我像往常一样磕磕巴巴地回答着。

“好吧……快让我看看这张小脸。”她说道，“哦，是的！似乎你已经好多了。”

她说话的时候，我的眼睛仍紧盯着窗外。于是奶奶坐到我的床上，她拍了拍床垫，示意我坐到她身旁。

“阿贝尔，既然奶奶来了，那我就出门去买点东西。”妈妈趁机说道。

“去吧，去吧。”奶奶边说着边把身体转向我，“你想要我给你讲个故事吗？唉！我知道你不需要啦。那我们一起看看窗外吗？小时候……当然，也不是说你已经长大了，但你小时候我们一起玩过‘猜猜我们看到了什么’的游戏，你还记得吗？”

我耸了耸肩。

“外面不下雨了，也许还会出太阳呢。”她说着。

奶奶是不会轻易放弃的。她素来知道我很喜欢与天气现象有关的话题，而我此时却摆出一副百无聊赖的面孔。

“好吧。”她说道，“我想，用桌上的这个工具我们应该什么都看不到吧。”

她从床上欠身拿起放在桌上的“千年隼号”乐高积木。

“哎呀，拜……拜……拜托，不要碰……碰……碰它，它几……几……几乎快拼好了……”

咔嗒！

“不……不……不要，拜托了，奶奶，我已经花……花……花费了……”

咔嗒！

“呀！听这声音是不是又折了一块，小苗苗？这玩意儿该拼在哪儿？”

“随便吧，快把它放……放……放到桌……桌……桌上！”

咔嗒！

“这也是还没有拼好的吗？这到底是胳膊还是腿呀？”

终于在废掉了半艘飞船之后，奶奶坐回了床上，又将手搭在我的额头上。

“太好了。”在感觉到我的体温没有升高时她说道。

接下来的很长一段时间里，我们俩都默默地凝视着窗外。

“那是什么？”她指着一片云问道。

“一片卷……卷……卷积云，奶奶。”

“啊！那边呢？”

“一朵卷……卷……卷云。它更……更……更小，也更薄。”

奶奶叹了口气，此时我正盯着矗立在街道尽头的那栋大房子，那儿也是街道两边金色香蕉树的尽头，靠近贝拉维斯塔小树林。

很久以前的某一天它还是白色的，但现在却变成了忧郁的灰色。房子有两层楼，每层都有两扇窗户。房子正面有个显眼的小门廊，从面向街道的小花园中上三级台阶就可以进入。屋顶上还有一根被熏黑了的烟囱。

上三年级的时候，埃里克和乔尔告诉我，那里住着一个可怕的食人魔，如果我不留神，某天夜里他就会从我的窗户钻进来，把我连骨带肉全部吞下。

说实话，我曾试图往那儿瞟过几眼，但不得不承认，之后的一些夜晚我就做了噩梦，甚至因为害怕而哭湿了枕头。

“哇！真是太巧啦！”奶奶突然从包里取出一个皮套，这分散了我的注意力，“快看我今天带什么来了。”

她拿出一副上剧院看演出时用的望远镜。

“能让我看看吗？”我立即请求道。

我把望远镜挂在脖子上，将眼睛凑到目镜前，然后再将镜筒对准那栋房子爬满裂纹的门。

那栋房子一楼的窗帘是半开的，灯是熄着的，里面一片漆黑，但是隐约可以窥见一张条形餐桌、一张沙发和一个书架。

然后，我慢慢将望远镜移向二楼。一棵老橡树的枝条拍碎了其中一扇窗户，那枝条就像骷髅的指骨一样。

那扇窗户的帘子是拉开的，但里面似乎没有人。

“亲爱的，你看到什么有趣的东西了吗？”奶奶问我。

“没有。”

突然，双筒望远镜的视野里闪过一个阴影，我赶紧调了调滚轮，将焦点对准。

当看清眼前的景象时，我不禁脊背发凉，迅速从恐怖的窗前背过身去，躲进了被窝儿。

“你怎么了，小男孩？”奶奶注意到我在发抖，赶紧问道。

“我看……看到那个怪……怪……怪物了。”我结结巴巴地回答。

“看到谁？”奶奶很诧异，“你说的是怪物？难道不是戴着戏剧面具的人吗？”

“不。是……是……是一个真正的怪……怪……怪物！”

刚才那个瞬间，一张极其丑陋的脸填满了破碎窗户上的那个窟窿。那张脸，额头高高隆起，下巴很大，太阳穴上垂落着几根头发。但最可怕的还要数那双眼睛，有那么一会儿，我感觉自己正被紧紧盯着！

埃里克和乔尔是对的：这条街尽头的大房子里住着一个巨大的食人魔！

一分钟后，我才从恐惧的战栗中恢复过来，把头伸出了被子。当我再次拿起望远镜对准那扇窗户时，那个怪物已经拉上了

窗帘。

我又使劲看了看，甚至能感觉到那窗帘后隐隐有个阴影在动,但无论如何我没能再一次看见他。

我的卧室门很快就被再次打开。

妈妈从超市回来了。

“我看见他了！”我立刻说道。

“你看到谁了？”她惊讶地问。

“住在街道尽头房……房……房子里的那个怪……怪……怪物。”

“我认为这只小鼠崽儿还有点儿发烧呢。”奶奶笑着将望远镜收了起来。

妈妈为我掖了掖被子,又将手放在我的额头上。

“没有怪物住在那里,阿贝尔。”她温柔地继续说道,“那儿住的是因维尔诺一家，他们家有一个生病的儿子，那个可怜人……”

“他生了什么病？就像我现在这样吗？”

“不,比你要严重得多。他疾病缠身多年,从未离开过家。”

“那我能……能……能去看看他吗？”

“不行。”

“为什么？”

“因为那儿可不是游乐场。”

“他真的是个体形很大……大……大的怪……怪……怪物，妈妈，我向你保……保……保证。他那张脸大得都能填满整扇窗户了！他的脸有这……这……这么大……”我张开双臂比画着。

“没有怪物住在那里。”妈妈又强调了一次，说着她送准备回家的奶奶下楼去了。

但是妈妈错了。全世界的人都知道，在那些破旧的、荒废的房子里往往生活着怪物、吸血鬼或者幽灵，也可能同时住着这三类东西。在我家所在的那条街道尽头，在那间窗户破损的房子里，住着一个可怕的怪物，更糟糕的是，他应该已经发现我在窥视他了。

2.最胆小的食人魔

第二天早上八点半左右，妈妈拉起了我房间的百叶窗，并对我道了早安。

“明天你应该就能去上学了。”她说道。

那并不是我所期待的，于是我从床上抬起了头。

“别开玩笑了。”我回答道。

她开始整理散落在地板上的玩具，就像没听到我说的话。于是我继续说：“我不想去上学。”

妈妈停下手上的活儿，疑惑地看向我。

“因为埃里克和乔尔的原因吗？”

“是的，还有赫克托。别忘了赫克托。他是最粗……粗……粗鲁的傻瓜。”

“注意你的言辞，阿贝尔！”妈妈训斥道，“瞧你说的都是什么话！看来你确实在五年级学到了一些不好的东西……其实，你可以用‘爱生气’或‘脑子慢’来形容他。我以为你们男孩子之间的事都已经结束了。”

“并没有。”我含糊地说着，“我确……确……确定这事还没完。”

“我会去和阿尔妲芭老师当面谈谈的。”

“别跟她说。”

“为什么？”

“这只会让事情更……更……更糟，我了解他们。”

“但……”

“别去。”

根据我的经验，他们如果被老师责备了，只会变本加厉地报复我。我一点儿都不想上学。因为在学校，我会经常碰上那群从小学二年级开始就对着我咒骂，并且每天都会纠缠我的好斗分子。

原本有埃里克和乔尔在，事情就已经够糟的了，而赫克托的到来使我的校园生活雪上加霜。我在学校操场上听说，他是从另一所学校转来的，因为他需要换个环境。事实上，在学校里，无论是谁听说他比我们大三岁而且还留过三次级，都不会觉得奇怪，因为他看起来就不太聪明。

这事我早就料到了，很明显，另外两个好斗分子也并不聪明。而且，赫克托的毛发也比一个普通的五年级学生的毛发要浓密得多。

我到底做了什么导致他们总来找我麻烦?因为我戴眼镜,因为我有点儿口吃,因为我太瘦弱,还是这些都是原因?

那时候我还没怎么长个儿,说话费劲,运动技能几乎为零。我不是大家眼中那种受欢迎的男孩,我的小小世界仅限于学校、对《星球大战》的热爱,以及对云和其他天气现象近乎疯狂的痴迷。

妈妈说他们这样做是因为嫉妒我，但我不知道他们嫉妒我哪一方面。

那天晚上,爸爸来到我的房间,他胳膊下夹着一份用包装纸包好的礼物。

“拿着,阿贝尔。”他对我说,“这是送给你和朋友们一起玩儿的。”

“我没……没有朋……朋……朋友。只有奥尔佳,但她不喜欢踢足……足……足球。”

“那有了这个,你就可以交到新朋友了。”

我猛地撕开包装纸，那是一个全新的带着银色斑点的白色足球。

我知道如果将它带到学校去,我就必须确保它不被剐蹭,最重要的是要防止那三个恶霸将它夺走。也许爸爸是对的,这个足球可能会让我在群体中变得受欢迎。

第二天吃过早饭后,我出门朝学校的方向走了几步,又回头

望了望。

此时妈妈正在厨房的窗前看着我，她给了我一个飞吻。我无奈地叹了口气，只能背着书包，抱着新球，拖着沉重的步子向前走去。

我往前走的时候，几次回头去看街道尽头的那栋大房子。当我想起两天前通过望远镜看到的那个怪物时，后背就涌起一阵寒意。

我紧紧地抓住口袋里的“阿土地土”和“斯瑞皮欧”[①] 玩偶。课间休息时如果没人愿意和我一起玩，又或者奥尔佳想和女孩子一起玩的话，我就可以和它们一起在樱桃树的阴凉下打发时间，只要别引起其他人的注意就行。我也期望在这段时间里，埃里克、乔尔和赫克托能不来找我的麻烦。

我到学校没多久就遇到了奥尔佳，她正用铁链将自行车的车轮锁在栏杆上。

“嘿，阿贝尔！你这几天怎么啦？是生病了吗？”

“是的，感冒。我在床上躺了一个星……星……星期。”

“感觉很糟糕，对吗？”

“的确，就……就……就像你说……说……说的那样。”

很快上课铃就响了，我们走进了教室。我坐在她旁边，在社

---

①电影《星球大战》中的机器人 R2-D2 和 C-3PO，被中国的星战迷昵称为“阿土地土”和“斯瑞皮欧”。

会课开始之前我告诉了她我两天前的发现。

“在哪儿？”她睁大眼睛问我。

“在我家那条街尽……尽……尽头的那栋大……大……大房子里。”

“你说的是真的吗？”

“是的。”

“他看起来如何？”

“非……非……非常大，他的脸占据了整扇窗……窗……窗户。”

“但他到底长什么样？”奥尔佳穷追不舍。

“我不记得了，我只……只……只看到他一秒……秒……秒钟。”

“我在跟你说真的……”奥尔佳满脸失望地抱怨着，“你再好好想想，行吗？”

我们不能再聊下去了，因为上课了，一堂接着一堂，一直上到了下午五点。

放学后，我抱着足球离开了学校。不出所料，它还是全新的。课间的时候，在奥尔佳来找我玩捉迷藏之前，我的注意力一直集中在阿土地土和斯瑞皮欧身上。

回家的路上我用观察天空的方式来解闷。那时刮起一阵干冷的风，在风里跳着舞的四朵积雨云迅速向圣贝尼托钟楼的方向飘去了。

刚迈上那条大街时，我就感觉有什么不好的事要发生，因为风里传来了隐约的笑声。

我果然没猜错。就在我快到家的时候，三个影子从我身旁闪过，其中一个还夺走了我的足球。之后他们继续向前跑去，边传球边嘲笑着跑到了街道尽头。

那三道“闪电”分别是达斯·维达、赫特人贾巴和暴风兵①。这样称呼他们是有原因的。赫克托经常穿黑衬衫，在吸鼻涕时总是发出令人作呕的声音，所以他是达斯·维达；埃里克是个胖子，张开嘴时总往外流口水，而且说起话来总是含混不清，所以他是赫特人贾巴；乔尔对赫克托唯命是从，不正是一名完美的暴风兵吗？

我撒腿去追，并向他们大声喊道：“快把球还……还……还给我！那是我……我……我的，还是全新的！是我爸……爸……爸爸送给我的！”

赫克托那个野蛮人停了下来，然后抱着我的球往后倒着走。

“爸……爸……爸爸送给你的小……小……小球球？”他嘲讽地笑着。

那时候，妈妈对于我口齿不清这件事并没有表现得十分在意，尽管很多时候它都是我被嘲笑的根源，且令她也很痛苦。

---

①达斯·维达、赫特人贾巴和暴风兵是电影《星球大战》中的反派角色。

然而在我面前，妈妈从未表现出过度的关注，她也不会事无巨细地照顾我。她总是对我说，她教育我是为了让我做好准备，走出一条属于自己的路，因为我的人生路她不能替我走。不过，说实话，从小我就没明白这话是什么意思。

事实上，关于口吃的问题，妈妈和语言治疗师都向我解释过，这并不是我本身的问题，而是因为那些单词出现得参差不齐，它们并不想一次全都蹦出来。有时候我得将它们推出来，这样我就能连着说两到三个单词，但即便这样我还是经常磕磕巴巴。不过，当我保持沉默的时候，我会在脑海里说话。那时，单词会喷涌而出，而且我可以说得很快，也没有什么能让我停下来。但只要我一张嘴……

我在达斯·维达面前站定，眼里尽是愤怒。那时，我们几乎已经站在“食人魔”家的那栋大房子门口了，我感觉我的腿都在哆嗦。

“这球是我……我……我的！”我愤怒地握紧了拳头，重申道。

“快滚开，屎蛋儿！”达斯·维达用力将我推倒在地，“现在它是我的了。”

有那么一会儿，达斯·维达并没有看我，他注意到我们在追逐中到达了那个地方。

“这就是那个怪物的家？”他突然蹦出这么一句。

那时候他脑袋里应该是在想些什么，因为他的眼睛都眯成

了火柴棍，接着他脱口而出："你肯定不敢把球踢进那栋房子。因为你胆小如鸡崽儿。"

我看了看他，接着又望了望二楼的那扇窗户。

"如果我这么干的话，你们会把球还……还……还给我吗？"我磕磕巴巴地问道。

"有可能，有可能会把它还……还……还给你……你……你哟。"达斯·维达嘲笑着把球丢给了我。

我接住了球，然后用有限的脚法将它踢了出去，结果球撞在了树上，又滚回到我的脚边。

"你瞧见了没？"赫特人贾巴笑了，"赫克托说得对，你就是个屎蛋儿。你连球都不会踢。"

接着他拾起了球，然后带着满满的恶意将它踢了出去。足球在空中画出一道完美的抛物线，接着就砸在了房子二楼的窗户上。

那撞击声听起来像是炸弹爆炸了一样，玻璃碎片在我们的脚边散落一地。我惊恐地发现那就是两天前怪物出现过的那扇窗。球消失在房子里的时候，我害怕得咽了咽口水。

"赶紧的！胆大点儿！快去找球！"赫特人贾巴朝我嚷道，"让我们瞧瞧你敢不敢！是不是比鸡崽儿还鸡崽儿?！"

"如果你还想要球的话，就得去跟怪物要喽。"达斯·维达吸着鼻涕嬉笑道。

当看到我朝着房子大门走去，踏上门廊的台阶，然后将鼻子贴在楼下的窗户上向里看时，他们都愣住了。

房子里面不像是有人的样子。

“你在做什么，阿贝尔？”一个微弱的声音向我问道，“这里可住着一个吃小孩儿不吐骨头的怪物，你可亲眼见过的呀。如果你被抓住，那就真的彻底完蛋啦。”

手抓到门把手的时候，我踌躇了一下，但还是硬着头皮拧动了它。

“你不会遭受任何不幸的。”另一个微弱的声音告诉我，“妈妈告诉过你，这里只是住着一个生病的男孩。妈妈可从来没有骗过你，阿贝尔。”

门并没有锁，所以一拧就开了。看见我走进房子，达斯·维达、赫特人贾巴还有暴风兵完全僵住了。

进门后，我犹豫着走了几步，脚下的木地板发出嘎吱嘎吱的声响。

屋子里黑漆漆的，唯一的光是从一条走廊里透出来的，那里隐约可以看到一扇朝向后院的窗户。

在黑暗中我很快就认出了那个巨大的书架，它立在一架靠墙的钢琴旁边。房子里还有一张餐桌和那张两天前我用奶奶的望远镜隐约看见过的沙发。

我扫视了一眼餐桌下面，但很快就意识到我的足球应该是落在了二楼，得从走廊旁边的楼梯上去。

我摸黑儿过去，颤抖着伸出一只脚，踏在了第一级台阶上。

突然间，楼上的木地板开始痛苦地嘎吱作响。我很确信——怪物正在靠近楼梯。

“你往哪儿跑，疯子？”那个微弱的声音在说，“这下好了，这就是阿贝尔故事的结局。十月的一个下午，一个食人魔将他吃了，之后再也没有人听到过他的消息。”

一时间，我只觉心烦意乱，喉咙干涩，眼睛发痒。但我并没有闭上眼睛，反而紧紧地盯着那个巨大的身影，它已经完全遮住了投射在楼梯上的光线。

那个身影一直待在上面没动。在黑暗中我看不清，却可以想象得到：怪物一定是绿色的，长着巨大的肚子和一张恐怖的脸，脸上一双斜视的小眼睛发出幽暗的光。我坚信怪物的嘴里肯定长着尖尖的獠牙，天晓得上面会挂着什么玩意儿的残渣。

有那么几秒钟，那个巨大的身影一动不动，我用余光瞥见，此时我正站在一盏落地灯旁边。

“我就是一只待宰的羔羊，”我心里默念着，同时伸手想要拉动灯的开关链条，“我得从这儿逃跑。”但我的双腿已经不听使唤了，那巨大的身影就像磁铁一样牢牢地吸引着我。

灯亮了，我看见他了！那怪物正坐在最高一级台阶上，两只大脚踩着下面的台阶。他的身体就像山一样庞大，以至于我的眼睛都差点儿装不下面前这个奇怪的东西。我上上下下地打量着他，最后目光落在了他脑袋的那个大包上。

令我惊讶的是，他正躲在一个用碎布做成的靠垫后面，想以此来保护自己。他旁边放着的正是那个被踢进房子里的足球。

世界仿佛静止了几秒钟，直到那个怪物突然伸出一只大手，将球推下了楼梯。球从台阶上滚了下来，正好停在我的脚边。我毫不犹豫地捡起它，然后向大门跑去。但是在我绝尘而去之前，我最后一次转过身来。

楼梯顶上的那个家伙让我屏住了呼吸——他和我一样，眼里充满了惊恐。

那个怪物彻底放下了靠垫，我害怕地盯着他的脸。那张大嘴似乎在对我微笑，又像要慢慢张开跟我说些什么似的，但随后那个怪物起身，消失在了他出现的地方。

我赶紧打开门，然后跑回街上。我不知道自己在屋子里待了多久，但达斯·维达、赫特人贾巴和暴风兵的身影早已不见了。

我松了口气，但还是不禁像树叶一样颤抖起来。于是我仰起头，用最快的速度跑回了家。几朵碎雨云从树木的上空飘过，那些云染上了我深爱的那种秋天独有的蜂蜜色。

整个下午我第一次咧嘴大笑，因为我看见那个怪物了，而且还幸免于难。

最奇怪的是，他居然拿一个用碎布做成的靠垫来保护自己。我觉得他真是世界上最胆小的食人魔。

3.爱读诗的怪物

我没有把我和怪物的那次相遇告诉任何人。

我决定将这作为我的秘密，如果有机会，我还会去见见他。

谁也不会每天都遇上食人魔。尽管我是世界上最容易害怕的孩子——就像班里那些霸凌者经常提醒我的那样——但我在那栋房子里并没有感到恐惧。

我发觉那个食人魔其实也很孤单，以至于我都替他感到难过。我甚至一心想着要弄清楚那个看起来是世界上最无害的怪物到底是谁。

第二天早上，达斯·维达、赫特人贾巴和暴风兵看我平安抵达学校，都对我居然安然无恙这件事感到惊讶，但是他们什么也没说。一天就这么过去了，直到放学时我在校门口遇到了正准备骑自行车回家的奥尔佳。

“你要去哪儿，阿贝尔？”

“我……我……我赶时间。”

“你手里拿的什么？昨天我就注意到你有些异样。班上那些傻瓜对你做了些什么吗？”

“大……大……大概是吧。”我回答得有些莫名其妙。

“什么叫大概是？你现在赶紧告诉我！”她难忍怒气地说。

但是我没有告诉她昨天发生的事，而是以子弹发射般的速度朝着怪物的家跑去。那时我并不知道，我犯了能对一个女孩所犯的最大的错误，那也是我做过的最差劲的事——让她带着疑问等待，因为那只会让她越发好奇。

奥尔佳心绪不宁地看着我，因为她相信我要么会告诉她什么有趣的事，要么就是那三个家伙揍了我。但不知道为什么，她确信应该是第一种情况。

就这样，我在五点整的时候飞也似的跑开了，也没有回头看那三个家伙是否跟着我。但是我很幸运，在五点一刻的时候我已经站在那栋大房子前了。

门依然没锁，我用比前一天下午还要快的速度溜进室内。一切都静悄悄的，我看到客厅里有一把巨大的深绿色皮革扶手椅和一张碎花图案的沙发。

这些家具摆放在一台旧电视机前面。装满各种书籍的书架立在钢琴旁边的一个角落里。我凝神静听，似乎听到楼上传来了低沉的杂音。

过了一会儿，我才敢慢慢地走上那些台阶，之前躲在垫子后面的食人魔就坐在最高的那级台阶上。

上楼之后我站在了一条走廊前，这条走廊上有三扇门。走廊尽头的那扇门半开着，门缝里透出一道光。细碎的声音就是从那儿传来的。

我踮起脚，慢慢靠过去，努力让木地板不要嘎吱作响，然后用指尖将门推开。

眼前的景象使我僵住了。

怪物的确可怕，却又没有我想象中的那么可怕。他的脚看起来像是肿了，大约有我的脚的三到四倍那么大。他穿着一件由桌布或窗帘制成的衬衫，腰间还系着皮带，不过最引人注目的不是这些，而是他的脸。尽管只能看到轮廓，但我注意到那张脸非常庞大，仿佛额头被加宽了，下巴也被拉长了。他的眉毛很浓密，但修剪得很差劲，就和垂在他太阳穴上的那几根头发一样。

他坐在一张大桌子前，静默得像一个痴人。他手里拿着一本书，那书看起来就像是微缩版的一样。他大声朗读着：

我渴望在你怀里被抱紧，
在那儿我的身体能感受到力量。
我多想像摇曳的花儿一样，
如果只能孤单地待在花瓶里。

他的嘴有节奏地咀嚼着这些词，并将那些跌落在他厚厚嘴

唇上、停留片刻的音节拖得很长。

不知道为什么，我很喜欢听那些词句在他嘴里回旋。我不再是世界上唯一一个在说话时需要努力的人了。

前一天下午我就已经感觉到他体形庞大了，但这次我发现他的身体几乎占据了整个房间。

他的眼睛很小，凹陷在凸起的眉骨下方，鼻子就像一块大红薯，嘴唇丰满而突出。

桌上扭曲的灯照亮了他那粗大的手指，此刻它们正轻柔地抚摸着那些宛如鸽子翅膀一样洁白的书页。而我感觉那些书页似乎在发抖。

当怪物觉察到房间里不止他一个人时，他停止了朗读并睁大了眼睛。他转向我的时候,我傻待着,一动不动。

我并没有听到能穿透墙壁的那种恐怖的叫声,而是听到:

“你叫什么名字？”

那张深渊大口里含糊地吐出一句令人难以理解的话语,使我的血液仿佛凝固了一般。我太困惑了,所以根本没听懂他在说什么。因为我本以为会听到“我要用你做一些美味的炸丸子”或是“我现在就要吃了你”这一类的话。

见我没有反应,食人魔晃了晃脑袋,然后一字一顿地重复了一遍。我这才意识到他是在问我叫什么。

“阿……阿……阿贝尔。”我回答道。

“你在这里做什么？”

我耸了耸肩膀,又指向他的手,一个问题就这样从我的嘴里蹦出:

“那是什……什……什么？”

那个怪物迟疑了几秒钟，不过最后还是给我看了他手上的那本书。

“一本诗集。”

那声音粗重又低沉,仿佛是从山洞里传出来的。食人魔仍然

不敢直视我的眼睛，但他的目光停留在我手中握着的斯瑞皮欧玩偶上。

“谁的诗集？”我对此颇有兴趣。

“是一位名叫乔安娜·拉斯帕尔的女士。”

“哦……”

“要我再读一首吗？”怪物询问我的同时，嘴角轻轻勾出一抹害羞的微笑。

“好的。”我磕巴着，“拜……拜……拜托了。”

他再次打开书，那低沉的声音充盈着昏暗的房间。

我需要那个发箍，
缠满彩绳和缎带。
只有你知道用什么
才能编织出那么甜美的艺术，
很快你就会给我一个拥抱。

在他读诗的时候，我终于可以更仔细地观察他。他的牙齿在开合的嘴巴里乱舞，它们之间的缝隙大到可以轻易伸进一根手指。粗大的舌头几乎无法在他的嘴里安放，所以当他讲话时，我得费点劲才能听懂。

他读完这首诗，合上了书，并将它放在桌上。接着，他揉了揉眼睛才敢看我的脸。

“你是昨天那个男孩，对吗？”他问道。

“是……是……是的。你刚才没听见我上楼的声音吗？”

“没有，我在全神贯注地读这些诗。”

我当时就呆住了。因为我从来没有听说过“全神贯注”这个词，自从上五年级以来，我的确听到了不少特别的词。

“全神贯注？”

“就是集中注意力。”他向我解释道。

“噢！你叫什……什……什么名字？”

食人魔的两只手紧紧地攥在一起。之前为了能更好地观察我，他稍微转动了一下椅子，而此刻他看上去就和昨天下午一样害怕。

“我叫什么？”他磕磕巴巴地说着，“加布列尔，我叫加布列尔。”

“加……加布列尔？”我满意地睁大了眼睛，因为这名字对食人魔来说正合适，“这不是一个很常见的名……名……名字。”

“要我说的话，阿贝尔也不是。”怪物笑了起来。

“你说……说……说得对。”

就在这时，房间里响起了尖锐的啼叫声，我惊恐地转过身去。

“啁啾——啁啾——啁啾——啁啾——啁啾——啁啾——”

黑暗中现出笼子的金属光泽。那里面停着一只小鸟，它的头黑白相间，脖子中间长着雪白的花斑，翅膀上点缀着柠檬黄色的

斑点，身后还拖着一条黑尾巴。“哇！你有一只小……小……小鸟！”我高兴得欢呼起来。

“它叫云朵儿。”食人魔说道。

“噢……”

这只鸟用欢迎的语气再次啼叫起来，那一双黑炭似的小眼睛牢牢地盯着我。

“这是一只金翅雀。”怪物加布列尔向我解释道，“它的拉丁语名是 Carduelis，因为这种鸟喜爱吃蓟[1]的种子，不过，它们不会伤害植物本身。”

接着，食人魔从一个盒子里取出少量的饲料，放在那只大手掌上。然后他打开笼门，小家伙立刻啄起了食物。

鸟喙像锤子一样起起落落时，我就一直盯着那扇前一天下午被赫特人贾巴一脚球踢碎的窗户。它此刻是完好无损的。

“今天上午有人来修好了。”怪物笑着说，“别担心，我跟妈妈说是我撞坏的。这样的事不是第一次发生了。”

就在那时，我又被另外一只小鸟给吓了一跳。那是一只住在漂亮的布谷鸟钟里的小鸟，它从那个小房子里弹出来，报告现在已经是下午六点了：

“布谷——

“布谷——

---

①蓟是一种植物，属菊科飞廉属。飞廉属的拉丁语为“Carduus L.”。

“布谷——

“布谷——

“布谷——

“布谷——”

“我想我得走……走……走了，不然我妈……妈……妈妈会担心的。”我喃喃地说道。

“好的，阿贝尔。你知道我一直都在这儿。”

“你的意……意……意思是我可以改……改……改天再……再……再来吗？”

“你想来就来。”怪物加布列尔说完，又再次沉浸到阅读中去了。

我迈着比平时欢快的步子向家走去，不知道为什么我竟然还唱起歌来。

4.怪物的房间

我第三次去加布列尔家的时候，天上到处都是鬈发般的卷云。这意味着在大气层的高处刮过了一阵强劲的风，接下来几天都不会下雨。

像前两次一样，我又找到了那扇没有上锁的房门。这一次，我无所畏惧地走了进去，穿过餐厅，边上楼边喊道："加……加……加布列尔，我是阿贝尔！我上……上……上来啦！"

"上来吧！"他从楼上回应道。

一眨眼的工夫，我又一次来到了怪物的房间。

我发现他像前一天下午一样坐在桌子旁，他的面前放着几张纸，手里还握着一支铅笔。慢慢地，我的眼睛适应了笼罩在他周围的黑暗，我看到房间里摆满了书架。

一个书架上摆着一个老旧的足球、几块贝壳形状的化石和一副放置在一个小小的木质底座上的食人鱼骨架。

另一个书架上有一副双筒望远镜，用它能透过窗户看到外部世界发生了什么。此外，上面还放着大量成套的图书合集和《国家地理》杂志。

很快我就被挂在墙上的那幅水彩画吸引了，上面有一只绿松石色翅膀的美丽蝴蝶。书架低处摆放着更多的书，还有一枚陀螺、一只金色的黄铜灯笼、一个指南针和一顶户外探险帽。

满墙的书架再加上一个巨大的衣柜和一张大床就凑成了怪物加布列尔房间里所有的家具摆设，而最吸引我注意的要数挂在床头的三张海报。

我很快就认出了其中一张，因为那是电影《怪物史莱克》的海报。另外两张，一张是电影《公主新娘》的海报，另一张是一位矮小健壮且面部扭曲的摔跤手的海报。那个摔跤手壮鼓鼓的，看起来就像被人从耳朵往身体里吹了气一样，他的双臂、双手、双腿和双脚都很像圆滚滚的香肠。

《公主新娘》海报中的巨人看上去在某些地方和怪物加布列尔有些相似。我不知道是嘴巴，还是那巨大的下巴或是整体形象，反正看起来他们就像是表兄弟。

我站在海报前，用手指着那个额头凸起、头发蓬乱、两鬓的头发耷拉到脸上的巨人。

那个庞然大物的旁边站着一位留着长鬈发和夸张八字胡的人。

“这是谁？”我指着那个巨人问道。

“你不知道吗？”怪物惊讶地反问。

“不知道。”

“这是菲兹克。”

“谁？”

“他在电影中的角色叫菲兹克。他的真名是安德烈·鲁西莫夫，也被叫作‘巨人安德烈’。他是摔跤手，也是电影演员。”

“很抱歉这样说，但他看上去好像有点儿笨……笨……笨笨的。”我壮着胆开了口。

“并非如此，他曾是非常优秀的学生，尤其在数学方面。但他后来认为那对农民的儿子来说是毫无用处的，于是便辍学回家，在农场帮父亲干农活儿了。”

“那他旁边的这个人呢？”我又问。

“这是埃尼戈·蒙托亚。”

“这个呢？”我指着一个晕厥的蒙面人追问。

“这是维斯特雷。他深爱着布卡特，在其他人的帮助下最终获得了爱情。”

“她是谁？”

“布卡特。她是维斯特雷的女朋友。”

“噢——”我呼了口气，视线并没有从巨人安德烈的身上移开，“菲……菲……菲兹克是好人吗？”

“是的。”

“那他本人力气很……很……很大吗？”

“非常大。在他父亲的农场里，他一个人可以干三个人的活儿。你知道最稀奇的事是什么吗？”

“什……什……什么？”

“一位非常有名的剧作家买下了安德烈父亲农场旁边的那片土地。当安德烈的父亲告诉他安德烈因为体形过大没法儿搭乘学校的校车时，这位剧作家主动提出每天用他的卡车送安德烈上学。”

“他叫什么名字？”

“谁？安德烈的父亲还是剧作家？”

“那位剧……剧……剧作家。”

“我不知道你是否听说过他。他叫塞缪尔·贝克特，是 1969 年诺贝尔文学奖获得者。”

我对那个什么奖并不感兴趣，于是我问了他我真正好奇的事。

“那你呢？你力……力……力气很大吗？因为你看……看……看起来比他们可大……大……大多了。”

怪物加布列尔羞愧地看着自己的手，张开嘴说道：

“我想……我没试过。”

“哦！那这……这……这位呢？”我指着那张身着短裤、矮墩墩的摔跤手的海报说道，“他和史莱克长得真像。”

“啊！这是莫里斯·提列特。我不知道你听说过没有，但他与安德烈都得了和我一样的病。”

“天哪！你患……患……患病了吗？你不是食……食……食人魔吗？”

“你看我像吗？”

“不，事实上并不像。”

加布列尔狐疑地看着我。我承认道：“好吧，刚开始那几天你看……看……看起来确实像，但……但……但现在已经不像了。”

怪物加布列尔露出了温暖的笑容。

“是的，我不是真正的巨人。你希望我是吗？”

“当……当……当然不！”

“我确实不是。我只是患了一种垂体分泌生长激素异常的疾病，这种病也被称为肢端肥大症。”

“这个‘睡……睡……睡提’是做什么的？”

怪物加布列尔又笑了，但他没有告诉我这两个字我都没读对。

“垂体，”他加重音调解释道，“可以产生激素，调节人体的生长发育。如果它受损了，就会发生我这样的情况。”

听他说话的时候，我仍无法把视线从《公主新娘》的海报上移开。

“这位安德烈·鲁西莫夫，”怪物向我介绍着，“他身高两米二四，体重两百四十公斤。”

“我……我……我的天哪！”

“莫里斯·提列特，”怪物加布列尔又指着那个穿着短裤、身材敦实的秃头男人继续说道，“他也是职业摔跤手。”

“他的脸……脸……脸长得真像野……野……野兽！”我脱口而出。

我虽然这样说了，但绝对没有要伤害谁的意思，我觉得怪物加布列尔是明白我的，因为他又笑了起来。

“你可能不信，他可不是什么野兽。他会十四种语言。”

“十……十……十四种?！”我惊讶于一个看起来像食人魔的人居然能实现这一壮举。

“就是十四种。”怪物的嘴再次张开，“据说拍摄电影《怪物史莱克》的人就是从他身上获得的灵感。哦，对了，他还是一位诗人。”

“像你一样？”

“哈哈！”怪物加布列尔由衷地笑了起来，这让我感觉好像整个房子都在震动，“我不是诗人，阿贝尔。我只是爱读诗而已。”

“但我确……确……确信你肯定写过一……一……一些，对吗？”

大块头的眼睛睁得像盘子一般大。

“你怎么知道？”

“我并不知道。”我耸了耸肩，“你呢？你有多……多……多高？”

怪物加布列尔的脸一下子就红成了熟透的番茄。

“我身高有两米七八。”

“什么?!”我惊到嘴都快合不上了。

“两米七八。”

他说着从椅子上站了起来,我发现他的头都碰到天花板了。大块头不得不蜷缩着身子,因为房间的高度已容不下他了。接着他又将双臂张开,直到手掌碰到墙壁。

“那……那你的体重是多少?”我犹豫着问道。

“大约三百公斤。”

“三……三……三百?!”

这太令人难以置信了!怪物加布列尔的体重差不多是我的十倍!如果他生活在另一个时代,我确信他可能早就成为稀有物种马戏团中的一员了,就像《格列佛游记》中来自小人国的矮人们、长有五条腿的牛,抑或是长着两个头的羊那样。

加布列尔尴尬地耸了耸肩。但是我不肯轻易放弃,于是又接着问道:

“你穿多少码的鞋……鞋……鞋子?”

“我不知道。”

“好吧,那你脱……脱……脱掉一只,我来给你看看。”

加布列尔向前弯下腰,脱下穿着的那只大鞋递给我。那鞋子得有两三公斤重,里面标记着“特殊尺寸:$56\frac{1}{2}$”。

他的手看上去就像铁锹一样,那些粗壮的手指一定瞬间就能折断街边任意一根树枝。

“布谷——”

我转过身去看。那只躲藏在安德烈·鲁西莫夫海报旁边的布谷鸟钟里的小鸟蹦出来报时，已经是下午七点了。

“布谷——

“布谷——

“布谷——

“布谷——

“布谷——

“布谷——”

由于加布列尔没有再说什么，我决定向他道别。

“现在我得……得……得走了，不然我妈妈会担心的。我明天能……能……能再来……来……来吗？”

“我的父母大约七点结束工作，在那之前我都是一个人。现在这个时间他们也快回来了。”

“那太好啦，加……加……加布列尔。我先走……走……走了。”

“再见，阿贝尔。”

“再见。”

我从楼梯上下来的时候，怪物加布列尔将一只手举过他那凸起的头顶。

当我回到大街上时，我遇到了一对正朝着那栋大房子走去的老人，他们手上拎着从超市采购的东西，看起来很疲惫。

我从他们身边经过时故意放低了视线，而他们则注视着我朝自己家走去。当我觉察到那位老太太停留在我身上的视线时，我回过头去与她对视。那一瞬间，我觉得她的眼睛和她丈夫的眼睛一样闪闪发光，而那时她丈夫手上正提着两个一公斤重的传统大胖面包。

那天下午我了解到，一天当中的大部分时间里除了读诗和看书，怪物加布列尔都不得不躺在床上。那个叫肢端肥大症的病使他的骨头像粉尘一样疏松，也让他的关节疼痛难忍。

那天的天空很蓝，几乎没有风，我就像骑在金色的积雨云上一样快乐地飞回了家。我感觉自己交到了一个真正的朋友。

5.被损坏的玩偶

在我又一次急匆匆地离开学校往加布列尔家赶的第五天，我碰上了正抱怨自己运气不好的奥尔佳。她那将自行车拴在栏杆上的锁链缠成了一团，折腾了半天都没解开。

埃里克、乔尔和赫克托还在校园里没走呢，他们总是在密谋着什么坏事，因此总是最晚离开学校的。不过，我知道就算要冒一定的风险，我也必须帮帮奥尔佳，因为我爸爸总是教导我，在朋友遇到困难时要伸出援手。

在我们终于解开锁链时，奥尔佳问我：

“你想要我陪你一会儿吗？”

“不，不用。”我向她道谢。

“好吧，伙计，你最近怎么啦？”

“什么怎么啦？”我重复道。

“就有点儿……这样啊。”她说着朝我吐了吐舌头。

“你想说什么？”

“你还有一件事没告诉我呢，还记得吗？”

“我吗？”我试图用看云来掩饰。

“是的，就是你，你可别给我讲那些什么卷云和层积云的故事……”

最后还是手表拯救了我，那时它正好报出五点一刻的时间。我赶紧跟她道别，然后撒腿向香蕉树大街跑去。一路上，我听见背包里的书本和铅笔碰撞在一起哗啦作响。

其间，我注视着奥尔佳，看她踩着自行车骑到我前面去了，所以我并没有注意到那三个霸凌者就跟在我后面。他们突然在彼此耳边嘀咕了些什么，然后便抄小路跑去。

十分钟后，就在我快到加布列尔家门口的时候，我突然收住了脚。达斯·维达和另外两人从那排茂密的树木后走了出来。

原来那三个大傻瓜早就在那儿等着我了。我向两边看了看，没有看到可以求助的人。

三对一。我气恼地发现自己又像踢足球那天一样，被他们给逮住了。

有那么一会儿我还在心里祈求，希望加布列尔能从窗口张望一下，看我是不是到了。然而就在我等待奇迹发生的时候，那三个家伙满脸得意地向我靠近。

第一个站到我面前的是赫特人贾巴。

“这是什么屎玩意儿？”他指着我的手问道。

还没等我开口，达斯·维达就从我手上夺去了阿土地土和斯瑞皮欧玩偶。

“你还在玩这些傻瓜玩意儿？让我们看看你有没有长大一点……点……点点，”他笑着说，“结巴屎蛋儿。”

我直勾勾地盯着达斯·维达手中的玩偶，一度疯狂地想要从他手中把它们抢回来。

“它们是我的！”我气急败坏地说。

也不知道自己哪儿来的勇气，也许我以为只要我大声叫喊，加布列尔就会看向窗外。只要他看见他们欺负我，就会从房子里走出来，然后随便几脚就能将他们踢飞。如果运气好的话，他们中的某一个最后还可能会被挂在圣贝尼托钟楼上。

但是这些都没有发生，他们三个向我扑了过来。我抖得像过筛子似的，完全没有跑回家的力气。我只能竭尽全力去防卫，但我没有好运气，只有拳打、肘击和脚踢落在身上。最后我摔倒在地，脸撞在了路沿上。

当他们三个最终厌倦了像驴尥蹶子那样踢我后，我才有机会扶好眼镜，眼睁睁地看着达斯·维达从地上捡起我的玩偶。接着，他一把扯下斯瑞皮欧的胳膊，赫特人贾巴则用脚狠狠地践踏了阿土地土。

然后，他们把玩偶的残肢扔到我身上，斯瑞皮欧的头滚到了我的脚边。他们把我的玩偶弄坏了，这比他们一拳打掉我的牙齿还要令我痛苦，尤其是想到我还有几颗没换过的乳牙时，我就更难过了。

作恶之后，这三个暴徒转身回到街上，一边走一边笑着。

“我们还会再见的，阿……阿……阿贝尔屎……屎……屎蛋儿！”达斯·维达嘲笑道。

当他们从我的视野里消失时，我才从地上爬起来，捡起我的玩偶，向加布列尔家跑去。

我关上身后的门，然后擦了擦脸颊，它在刚才的打斗中受到了重击。

“加……加……加布列尔！”我大声喊着，“加……加……加布列尔！”

我那时气得直发抖，就像风中的树叶一样。

很快我就听到楼上传来了一阵脚步声，楼梯间里映现出加布列尔那个巨大的轮廓。

“你怎么了？”他问我，“那几声喊叫是怎么回事？”

加布列尔慢慢地从楼梯上下来，他看见我立在餐厅中间，眼里含着泪。书包斜斜地耷拉在我一边的肩膀上，因为有一根背带断了。

“你遇到什么事了吗？”

“我摔……摔……摔了一跤……”我撒了谎，因为太丢脸了。

我不想让加布列尔认为我不敢面对那帮霸凌者。他那么高大，那么勇敢，那么强壮，只要一巴掌就能将他们送去澳大利亚，所以我不希望自己被他认定为世界上最懦弱的孩子。

加布列尔看着我，似乎并没有完全相信我的话，他在电视机前的那张扶手椅上坐下。但他什么也没问我，既没问我从哪儿来的，也没问我为什么裤子破了、头发乱了、脸上有瘀青、膝盖上到处都是伤痕。

那时候的他看起来非常不舒服，也不敢抬头看我的脸。

有那么几秒我们俩谁也没开口说话，直到加布列尔将一只手举过眼睛，然后抬起了头。尽管我们俩谁都没有看见——因为我们都待在楼下——但那时，史莱克、莫里斯·提列特和巨人安德烈他们几个也一定是相顾无言的。

“你手里拿着什么？”他向我问道。

“是《星球大战》里的两个玩……玩……玩偶，”我抽噎着，“阿土地土和斯……斯……斯瑞皮欧。”

“我完全没听明白。”

“我说这是《星球大战》里的两个玩……玩……玩偶。”我重复道，并努力让自己平静下来。

“是的，是的。我知道这是两个破碎的玩偶，但是‘星勇大扇’？这个‘星勇大扇’是什么东西？”

“你居然不知道什……什……什么是《星球大战》?!”我惊呆了。

从加布列尔的表情来看，我知道他的确没看过我最爱的这部电影。

接着，加布列尔拖着一条腿从扶手椅上起身，我跟着他上了楼。

奇怪的是，那天下午他房间里的百叶窗是拉上去的，阳光给双筒望远镜、指南针、黄铜灯笼以及一个玻璃罐中的彩色弹珠都镀上了金边。那时，我还注意到一样我之前从来没留意过、但此刻却令我惊艳的东西。

那是书架最上层摆放着的一艘漂亮的远洋客轮模型，船上面还矗立着四根黄色的烟囱。

“你喜欢？”他边问我，边扶着桌子坐下。爬楼梯已经令他筋疲力尽。

“非……非……非常喜欢。这是什么？”

“这是泰坦尼克号。”

“这是你做……做……做的吗？”

加布列尔耸了耸肩，又给我看了看他那粗壮得像香肠一样的手指。

“在我还能动手做的时候。”他补充道。

“这花……花……花了很长时间吗？”

“三年。”

“哇！”

“你知不知道你的眼镜有点儿歪了，阿贝尔？”

“是的，我已……已……已经告诉过你，我在街上摔……摔……摔了一跤。”我掩饰道。

加布列尔取下我的眼镜，用力将金属腿儿掰回了原状。

“这下好了。”他笑着帮我把眼镜戴回鼻子上。

那天下午，坐在加布列尔的床上，我学到了很多有关泰坦尼克号的知识。它因在 1912 年 4 月 14 日到 15 日的那个夜里撞上冰山而沉没。这艘客轮长度约为 269 米，宽度约为 28 米，它沉没的位置约在北纬 41 度 44 分、西经 50 度 24 分。加布列尔跟我说改天他再给我解释经度和纬度的概念，因为有点儿复杂。船在下沉的时候，船上的乐队仍在坚持奏乐，为的就是给遇险的人们加油鼓劲。

“他们没办法获救吗？”

“唯一收到莫尔斯电码遇险信号的船……”

“什……什……什么码？”我打断了他。

“莫尔斯电码是一种由点和线来表示字母的语言。它可以通过光束或敲击来实现，如果你知道对应的答案就很容易解读。比如短敲一下再长敲一下就是字母 a，长敲一下再短敲三下就是字母 b，大概就是这样……”

“哦，好吧。你接……接……接着说……”

“那附近唯一的一艘船就是卡帕西亚号，但它赶到遇难地点的时候，只救出了那些乘坐救生艇离开的人。”

“获救的人很……很……很多吗？”

“只有 709 人生还。”

“船上一共有多……多……多少人？”

“大约有 2224 个人。”

“天……天……天哪！”

“那你呢，阿贝尔？”加布列尔问道。

“我……我……我什么？”

“你有什么爱好吗？你长大以后想做什么？”

莫里斯·提列特和巨人安德烈也在等着我的回答。我犹豫了一下，回答道：

“我喜……喜……喜欢各……各……各种云。”

“所以呢？”

“我喜欢观察它们。我能看出些东……东……东西来。”

剑客埃尼戈·蒙托亚抖了抖他的胡子，然后转过头去，就好像他对此完全不感兴趣。而史莱克、莫里斯·提列特和巨人安德烈认真地听着，连个逗号都没有错过。

“你能看出什么？”加布列尔饶有兴致地问道。

“嗯——有骏……骏……骏马、海……海……海星，有时候还能看到船……船……船只。”

大块头的眼睛一下子就被点亮了。

“那你看出过泰坦尼克号吗？”

“没，从……从……从来没有。但是等我长大了，我就会……会……会成为云……云……云朵的观察者。”

加布列尔用他那双凹陷的眼睛带着善意和同情地看着我，并且纠正道：

“那叫‘气象学家’。”

“气……气……气象学家。”我重复道。

“正是。”加布列尔咧着大嘴笑了，他并不在意我一直发不清楚那些复杂的单词。接着，他又指出：“想成为气象学家就得努力学习。”

“得非常努力吗？”

“得非常努力，还得学好物理。”

“这个物……物……物理有很……很……很多内容吗？”

“是有那么一些。”加布列尔的鼻子下绽露笑容。

那天下午，当加布列尔给我讲述有关泰坦尼克号的故事时，我不断品味着从他那鼓起的嘴里蹦出来的每一个词，那时我才注意到他的皮肤白如婴儿。我突然理解了爸爸曾跟我说过的那句话——总有人的境遇会比另一个人更惨。

这时，墙上的布谷鸟钟开始报时，已经七点一刻了。小鸟云朵儿像是要分出谁才是这场竞赛的赢家似的，也卖力地啼叫着：

“啁啾——啁啾——”

我把被损坏的玩偶丢在了桌子上就准备回家，加布列尔立即问道：

“你不带走它们吗？”

“我不想要了。”我喃喃地说道，“它们都支……支……支离破碎了。”

于是，他小心翼翼地捡起那些碎片并朝书架俯下身去。

“被损坏的东西是可以修复的。你知道的，对吗，阿贝尔？”他

小声说道，嘴角弯出一抹微笑，“拿着，你把这本书带上吧。你会在里面找到莫尔斯电码的相关说明的。”

我接过加布列尔从书架下方取出来的那本名为《小探险家手册》的皱巴巴的书，然后朝楼梯走去。而加布列尔则留在了走廊里，那时他手上还拿着阿土地土和斯瑞皮欧。

下楼梯时，墙上挂的几张照片吸引了我的注意：其中一张照片上面的加布列尔看起来只有两三岁，他正坐在公园的秋千上，身上披着的围巾一直遮到了鼻子；另一张上面的加布列尔则是六七岁的样子，在夏季炎热的一天，他正在游泳池里玩着一个巨大的黄球；还有一张照片上面的加布列尔穿着探险家的衣服，身上挂着望远镜和指南针，他戴着帽子站在一棵很高的树旁。

这一系列照片持续到他十一二岁时就悄然而止了。最奇怪的是，照片上的他看起来就像一个正常的孩子，尽管在某张照片上他已经比身旁的父母高多了。

在回家的路上，我思考着该用什么样的借口来解释身上的那些抓痕和膝盖上的伤口。但令我惊讶的是，我再一次遇到了那天下午碰见过的那对老夫妇。这次他们依然拎着刚从超市采购的东西，而我也再次看到了两位老人在见到我时闪闪发光的眼睛。

“晚上好。”那位女士微笑着向我打招呼。

“晚……晚……晚上好。”我有些尴尬地回应着。

半小时后，我正和爸爸妈妈在餐厅里吃着晚饭，电话铃响了。妈妈起身去接。

“您好。啊，晚上好，玛蒂尔德。是的，请说。当然，当然可以。你确定吗？不会太过头了吗，玛蒂尔德？你认为他可以……好吧，如果你觉得合适，那我们就……是的，但请听我说，如果有一天……好吧，我明白你的意思。如果哪天事情无法再继续，你一定要给我打电话……好吧，我们就这样做……”

不久后，妈妈挂断了电话，她看到我的目光正停留在她身上。

“是加布列尔·因维尔诺的妈妈。”她说道，“她告诉我你已经连续去看望加布列尔好几天了。是吗？”

我的脸立马就红了。我不止去过一次，而是去了很多次，还是在未获得他们允许的情况下。

“是……是……是的。”我有些犹豫。

于是我向他们解释了我为什么会在加布列尔家停留。原因是我们在街上踢的足球飞进了他家的窗户……我把故事稍做了改动，不想让他们知道真相。我更不希望他们去招惹那三个霸凌者，因为这样的话只会令我更加窘迫。

“你喜欢去他家吗？”妈妈问我。

“非常喜欢。”

“你瞧见了没？”爸爸满意地欢呼道，“我就说那个足球会帮你交到朋友的。”

我做了个鬼脸，忙不迭地问道："那我可……可……可以去吗？"

妈妈笑着将进到眼睛里的异物弄出来，每次我眼睛进东西的时候她也是这样帮我弄的。

"你得到许可啦，但有件事我希望你明白。"她举起一根手指补充道，"如果哪天下午你觉察到他累了，你就得赶紧回家，听明白了吗？"

"是的。"

"加布列尔的妈妈说，自从你去看望他……"

"怎么了？"

"他就有了活下去的意愿，阿贝尔。加布列尔·因维尔诺想要活下去……"

我那时才刚满十岁，并不明白妈妈话里的含意，但几年后我就完全理解了。

长久以来，加布列尔·因维尔诺一直被困在那四面墙之中，他找不到继续活下去的理由。他的妈妈玛蒂尔德很庆幸，多亏了一个骨瘦如柴、还有点儿口吃的小家伙，加布列尔才从那种错觉中清醒过来。

6.普通人

第二天早上，我在校门口遇到了奥尔佳，她看到我脸上的瘀青时，一脸惊讶。

“你怎么了，伙计？又是赫克托、乔尔和埃里克那几个笨蛋干的吗？”

我耸了耸肩。

“你得给他们点颜色看看，相信我……”

“你不能以……以……以暴易……易……易暴。”

“这么说很‘诗意’，”奥尔佳咧嘴笑道，“但你也不能三天两头儿地让他们欺负呀。你得奋起反抗，阿贝尔。”

对她来说，这一切似乎都很容易。她是个女孩，霸凌者通常都不敢招惹女孩。

事实上，奥尔佳也的确很勇敢，她碰到过那群家伙不止一两回。有一次她甚至被弄得很狼狈，但无论如何她也让达斯·维达

深深记住了失去一大把头发的代价。

那我呢？为什么我没有这么干呢？因为我是个胆小鬼吗？我的确是，但又不是。最重要的是，我是个乖孩子，乖孩子是不打架的。

“你是从哪儿来的这种勇……勇……勇气呢，奥尔佳？”在她拴自行车锁链时我问道。

“你想问什么？”

“就……就……就是你怎么敢……敢……敢反抗？”

奥尔佳耸了耸肩。

“我不知道，我就是这样。那些家伙只敢欺负弱者。”她咬牙切齿地说道，“如果他们觉得你很强大，根本就不敢去招惹你。好啦！我们进去吧，如果我们迟到了，卡门老师会当着我们的面把门关上的。”

那天下午我照常去了加布列尔家。我在楼下喊他，但没有人回应，于是我放慢脚步上了楼，发现他正躺在那张大床上。

“你是回来找它们的吗？”大块头用嘶哑的声音问我，床垫也发出嘎吱的声响。

我耸了耸肩，有些没明白他在说什么。

就在这时，我看到了桌子上放着的阿土地土和斯瑞皮欧玩偶，它们两个在前一天被那三个霸凌者弄坏了。

加布列尔对它们进行了完美的修复，粘连得非常精细，一眼

看去根本找不出上面的裂痕，它们看起来就像新的一样。

我吃惊得张大了嘴，眼前不由得出现了一层水雾，我猛地扑向了加布列尔的怀抱。

“我告诉过你，被损坏的东西是可以修复的，对吗？”大块头微笑着摸了摸我的头。

松开怀抱的时候，加布列尔提出了一个让我惊讶的建议：“如果你愿意，以后我可以辅导你完成家庭作业。”

那时我并不知道，其实妈妈们已经聊过了，她们认为这是对我们双方都有好处的方案：我可以陪伴加布列尔，而他则会在学习上帮助我。

“我确实会在作业上花费很……很……很多时间，而且我也有一……一……一点儿口吃。”我承认道。

“我都没发现呢。”大块头对我挤了挤眼睛，善意地说道，“那我们就一起看看怎么去改善这些问题吧。”在接下来的几天里，我是在加布列尔的辅导下完成作业的。

史莱克、莫里斯·提列特和巨人安德烈从他们各自的海报上观察着我们，蒙托亚和维斯特雷也一样。云朵儿则左右转动着脖子，它的眼睛像两个发光的小灯泡。

多亏了这几次探望，我才知道这些年加布列尔待在家里并没有虚度时光。只要身体允许，他就会读书。他已经学会了七种语言：英语、法语、意大利语、德语、阿拉伯语、荷兰语和俄语。

除了读诗外，加布列尔还写诗。他把它们写在笔记本上，每次我问他能不能让我读一首时，他的回答总是一样的：

“我还得打磨它们，阿贝尔。一首诗就像是一个万花筒。”

“什么是万……万……万花筒？”

“那是一种底部贴着彩色玻璃碎片、中间放有三棱镜的长筒。其中一端用开孔的玻璃密封，由孔中看去，我们可以看到很多对称的美丽图像，那种视觉效果令人震撼。”

“啊，好吧。”

“诗也一样，如果经过反复吟诵，每次还能品味出不同内涵的话，这首诗才算是完成了，也只有这样的诗才能算是好诗。”

在《公主新娘》、莫里斯·提列特和《怪物史莱克》的海报旁还挂着几个金边相框，傍晚的阳光让它们像金子一样闪闪发亮。

那些相框里面都是压制过的干花。每个相框还配有一个小标签，加布列尔在上面一一注明了各种花的类别：蓟属、紫罗兰属、决明属等。他还用褐色墨水笔将它们的拉丁文原名写成了精美的书法体，那些童年的珍宝挂在墙上，就像一个植物学的小展览。

墙上还挂着一幅巨大的彩色世界地图。上面用图钉密集标示的地方有亚马孙雨林、戈壁沙漠和喜马拉雅山。

那天下午我才发觉，其实加布列尔怀揣着和其他孩子一样的梦想。他的房间和楼梯通道的墙上，到处悬挂着他以前短途旅行的照片。

如果不是这场病将他困在了家里，加布列尔现在又会是什么样子呢？也许他会成为在亚马孙雨林找寻动物新物种的探险家，或是专注于发现植物新物种的植物学家，而不是像现在这样辅导着一个十来岁、瘦弱不堪、还有些口吃的小男孩。

书架上摆满了他再也无法使用或者再也没法儿把玩的物件。在过去的二十五年里，加布列尔很少离开他的房间，但他懂得的却越来越多。

慢慢地，我开始敢于向他询问更多问题了，但加布列尔只会在我完成了那些数学运算或者读完了学校阅读清单上的书时才会回答我。

“加……加……加布列尔……”有天下午我问他。

“嗯？”

“你从不外……外……外出吗？”

“很少。”

“为什么呢？”

“我的腿很疼。”他回答着，视线并没有从正在阅读的诗句中移开。

他回答得有些不情愿，就好像这场病除了带给他痛苦外，还带给他羞辱，于是我不想再问下去。我明白，有时候仅仅是提问也会让人不舒服，而人们也并非总能得到期望的答案。

我了解了更多有关加布列尔的事。其中一些是他自己告诉我的，而另一些则是日子久了我自己发现的。

我有好几天没再碰上达斯·维达和他的“杀手”们了。但是在一天早上的自然课上，我察觉达斯·维达、赫特人贾巴和暴风兵在不断地回头偷看我。他们三个坐在头排，这让我非常担心稍后会发生什么可怕的事。出于这个原因，我在课间休息时躲进了图书馆。但即使如此，他们三个还是通过院子里的窗户发现了我，于是他们尖叫着拍打窗户：“嘿！怪物的朋友！怪物！怪物！”

奥尔佳坐在几张桌子之外的地方。看到他们时，她愤怒地站起来，像闪电一样冲到窗户旁。只见她对着那三个透过窗户向里张望的脑袋抡起了拳头，然后一一喊话。

“你这个臭屎蛋儿，”她向达斯·维达骂道，“快滚开！”

然后，她用手指着赫特人贾巴说道：“你这个大笨蛋，赶紧走开！”

最后，她又向暴风兵喊道：“你这个讨厌鬼，还不快消失！”

那几个霸凌者伸出拳头想要恐吓她，但最后他们还是离开了。之后，奥尔佳满意地坐到我旁边问道：“你去见过他很多次吗？”

我知道她很想和我一起去加布列尔家，并因为我不想带她去而有些生气。可我认为我的朋友并不是游乐场的风景，如果带着她贸然前去，就会像看动物似的，令人不悦。

“是的。”我回答她。

“他长什么样？可怕吗？恶心吗？很吓人吗？他到底怎么样？”

我沉默了一会儿，不知道该怎么回答。

“他嘛……他就……他就像我……我……我们一样，奥尔佳，”我最后回答道，“普……普……普普通通。”

她有些生气地看着我，因为她认为我什么也没说。但其实我对她说的都是实话：加布列尔的确就像我们一样，普普通通。

当他发自内心地大笑时，他的笑是什么样的？就和其他人的笑一样。

当他兴奋时，他的眼睛是如何闪闪发亮的？就像其他人的眼睛一样。

当他恐惧时，他的大手是如何颤抖的？就像其他人的手一样。

当我完成数学运算时，加布列尔是如何微笑的？就像其他人的微笑一样。

那三个傻瓜知道我每天下午去了哪里，这件事的确让我很不高兴，但这不是为了我自己，而是为了加布列尔。

7.星球大战

十一月初，我有三天没去加布列尔家，因为我去看了语言治疗师和眼科医生。在医院候诊室度日如年的那些时间里，我想起几天前和加布列尔一起看电影的事，心里一下子就敞亮了。

星期五下午，我从学校回家后，一溜烟就跑进了房间。我把书包放在书桌上，然后从书架上取出了《星球大战》的电影光盘，快速跑到了客厅。妈妈正在电脑前忙着工作。

“我可以带上旧的 DVD 播放器吗？”我问道。

“当然。”

“那些数……数……数据线呢？”

“你在捣鼓什么啊？”

“这些都是要带给加……加……加布列尔的。”

“给谁？”

“加布列尔，我们的邻……邻……邻居。”

没等妈妈反应过来，我就抓起放在储物间一个盒子里的旧播放器，像火箭一样冲出了家门。不一会儿，我就溜进了那栋大房子。

房子里什么声音都没有，于是我站在餐厅里喊道：“加……加……加布列尔！”

依然没有得到任何回应，我便自己上了楼。我发现他正在床上睡觉，他那块头看起来显得更大了。床头柜上放着一大堆瓶瓶罐罐，里面装满了各色药片。

片刻后，加布列尔转过脸，睁开了眼睛。他看到我时，打了个哈欠。

“你这包里装着什么？比你的块头还大。”

“我带来了一件东……东……东西。”我兴奋地说道。

加布列尔静默地等着我继续往下说。

“这是D……D……DVD播放器。我带……带……带来了《星球大战》！”

加布列尔睁大了眼睛，回应道：“我们去楼下看吧。”

因为加布列尔的手指很难将旧播放器的数据线连接上，我们花了很长时间。最后，他终于成功了，于是我们一起坐到了沙发上。

一束白光突然照亮了屏幕，我感觉我的肚子都激动得有些发痒。这接下来的一个半小时里，我们会紧紧盯着屏幕，随着电影去到很远很远的地方。

很快我们就听见了配乐，屏幕上闪现出两行文字。

很久以前，

在一个遥远的星系中……

画面一闪，我们发现自己已身处帝国飞船之中，正在不断追赶着莱娅公主所搭乘的那艘小型外交飞船。

在电影中的反派人物达斯·维达抓住她的那一刻，加布列尔抱紧了靠垫，问道："她会怎么样？"

"你很快就会知……知……知道的。"

看着阿土地土和斯瑞皮欧带着"死星计划"跑进逃生舱时，加布列尔紧张地咬住了嘴唇。

"它们都很好。"我握着他的手，安慰道。

但即便如此，当这两个机器人在塔图因星球被贾瓦人俘获时，我仍然能看出他在为此难过。而当天行者卢克从贩运者手里将它们买下时，我才感觉到他松了口气。

"他也是好人，是卢……卢……卢克。"我满意地介绍道。

当阿土地土激活了莱娅公主向欧比旺·克诺比求助的全息图像信息时，加布列尔惊讶得睁大了眼睛；当沙漠里的塔斯肯人绑架了卢克时，他再次紧紧地抓住了沙发的扶手；当欧比旺·克诺比救下卢克时，他松了口气；而当达斯·维达的杀手们在塔图因星球谋杀了卢克的叔叔婶婶时，他的眼睛湿润了。

“他也是好人吗？”他指着在阿尔德兰星球的酒馆里坐在楚巴卡身边的汉·索罗问道。

“是的，你之后会看……看……看明白的。”

“千年隼号飞船很漂亮。”过了一会儿，加布列尔说道。

“非常漂亮。”在他们逃离塔图因星球时我笑了，“它是星系里行驶得最快……快……快的飞船。”

当卢克在飞船上挥舞着光剑时，加布列尔的手也跟着摆动起来，仿佛在震慑一个想象中的敌人。

“呜——嗷——”他大声模仿着因输掉棋局而生气叫喊的楚巴卡。

突然，楼上传来的一声啼叫提醒了我们——云朵儿正抱怨我们把它留在了房间里。我俩对视一眼，什么也没说便默契地明白了彼此的想法。

我按下暂停键，然后起身。一分钟后，我带着云朵儿坐了回来，将它放在加布列尔的脚边。

这只金翅雀自豪地啼叫着，加布列尔把它从笼子里取出来，然后用一根手指温柔地抚摸着它翅膀下面新长出的羽毛。小家伙欢快地鸣唱起来。我按下播放键，电影又开始了。

接下来看电影的时候，加布列尔的双手一直紧紧地抓着沙发扶手。扶手的木头咯吱作响，像要被捏成两半似的。他的双脚紧张地来回挪动，还不停地跺着地面。当莱娅公主、卢克、汉·索罗和楚巴卡身陷垃圾堆时，他目不转睛地盯着屏幕；当卢克因受到野兽的袭击而消失在腐臭的污水中时，他又焦急得直喘粗气。

不久之后，当他看到达斯·维达击败了欧比旺·克诺比时，他难过得大叫道：“千万不要！”

那时我什么也没说，因为我的眼睛也是雾蒙蒙的。我一直认为那是电影中最动人的一幕，在我的记忆中也一直如此。但是，朋友，当欧比旺·克诺比为了拯救星系将自己的力量全部赋予卢克而牺牲时……那可比我记忆中的场景还要动人得多。

我们静静地看着义军们分析着盗取计划，并试图找出死星基地的弱点。

当卢克和一支义军同盟小队发起进攻时，加布列尔再次攥紧了沙发扶手；当汉·索罗突然出现并为卢克扫清摧毁空间站的道路时，他又激动得大叫。

“‘原力’，卢克，快使用‘原力’！”加布列尔嘶喊着，那是他在模仿欧比旺·克诺比指导卢克摧毁空间站时的语气。

当卢克向死星发射导弹时，加布列尔用前所未有的力气握紧了拳头。

最后一幕是在马萨西神殿义军基地的授勋仪式上，当莱娅公主为卢克和汉·索罗授予英勇勋章时，加布列尔站了起来，用他的大手不停地鼓掌，还像楚巴卡一样激动地号叫。

电影结束时，我被加布列尔深深地震撼了。他看着我，给了我一个此前从未展露过的最灿烂的笑容。

那天下午，他颤颤巍巍地陪我一直走到门口，而我看到他又有了些变化。

他打开门时已经是晚上七点了，天已经完全黑了下来。我刚踏上人行道，突然听到他的呼唤：

“嘿！阿贝尔！”

我转过身便看到了他那占据了整扇门的巨大身躯。

“愿原力与你同在！”他向我道别。

8.永不沉没

在接下来的几周里，我每天下午放学后都会去加布列尔家。我挨着他坐在桌边写作业。他装作在读书的样子，但事实上每当我写错时，大块头都会奇迹般地迅速发现我的问题，并及时给我纠正过来。

加布列尔就这样，像一个无事可做的人一样，用他无尽的耐心一点点地教我准确读出单词并顺利完成学校的功课。

十一月下旬的一天，他让我拿起那个装满了红橙黄绿各色弹珠的玻璃罐。它就放在第二个书架上，在指南针和鸟类书籍之间。

我把它递给了加布列尔，然后他从里面取出好几颗弹珠，对我说：

“现在你去用水和肥皂把它们洗干净吧。”

“为……为……为什么？”

“你马上就会知道的。”

等我回到房间时，加布列尔让我张开嘴。

“请把它们放进嘴里吧。”他指示道。

“好的，先……先……先生，还……还……还要干什么呢？”我泛起一阵恶心，“你想……想……想干吗？要我把它们全吃……吃……吃了？”

“你只需要把它们放进嘴里，千万小心不要吞下去！”

我只在嘴里放了两三颗，但加布列尔用手示意我将其他的也全部放进去。莫里斯·提列特、史莱克和巨人安德烈强忍笑意地望着我们，而埃尼戈·蒙托亚则转过脸去看风景。

“嗯！我们要刚……刚神马？”我嘴里塞得满满当当的，于是抱怨道，“这……这……样我就唔……唔……唔农说话了。”

“你会发现你可以说的。”

“你听明……明……明八我说……说……说什么了吗？”

“是的，我都听明白了。”

“那我们做这么机怪的时……时……时情是外……外……外了什么？”

“这可不是什么奇怪的事情，阿贝尔。这是一位希腊人在两千多年前做过的事情，这样练习后他说话就不再磕磕巴巴了。”

“一位机腊人？”

“是的，一位叫作德摩斯梯尼的希腊人。现在你试着说‘小黄鸭’。”

“小王阿。”

“很好。现在再说‘小黄鸭说波兰话’。”

“小王阿说巴……巴兰哇。”

“非常好。现在试试‘小黄鸭说波兰话，又把门来拍’。”

“小……小王阿说巴兰哇，又把满……满来扒。”

我们就在各式各样的绕口令中度过了那天的时光——“帕拉有狗叫哈巴。格拉的葡萄往上爬。帕拉的哈巴顺着格拉的葡萄往上爬。”“当你说故事时，数数说的故事的数，如果你不数数你说的故事的数，你就始终识不出你能说的故事的数。”有意思的

是，这中间我一次都没结巴过。

克服口吃的练习一直继续着。每天只要做完作业，加布列尔就会让我把那些讨人厌的彩色弹珠塞满嘴，然后念那些烦人的绕口令。

当我尝试着读“巫婆用蜂油和羊毛油调酒”时，听起来就像“巫帕又蜂流和羊苗流调旧”。

“太棒了！”加布列尔笑了起来。

“太半了？就这可什么也听不明八呀！”我抗议道。

“现在试试另一个——下小雨的塞维利亚，真是美丽呀。”

“你这是在卡娃笑吗？”

“不，这可不是开玩笑，你试试，加油！”加布列尔给我打气道。

“沙少雨的塞娃利阿，扎是玛丽啊。”我含着满嘴的弹珠重复道。这让我的口水直往外流。

“真不错！再试试另一个。”

“哪过？”

“仨苦虎伏土吞谷。”加布列尔说道。他就和史莱克、莫里斯·提列特还有巨人安德烈一样，眼神里充满了期待。

我无奈地做了个吃柠檬的酸苦表情，但还是照做了：“‘山土府湖堵吐楚’，介习什么都听不……不堵！”

“当然听不懂，这是我乱编的。”

我从嘴里拿出那些弹珠，眼里冒火地看着他。

“你是在拿我开玩笑吗，加布列尔？”

“不，阿贝尔，我永远也不会拿你开玩笑的。你难道没发现你刚才说话一次也没卡壳吗？”

“啊，没有吗？我都没有注……注意。德……德……德摩尼欧斯梯尼应该早就知道会这样吧。”

“是德摩斯梯尼。”加布列尔纠正了我，“好了，那我们再来练一个吧！”

十二月初的一个下午，当我完成了一些数学运算后，我转过头看向加布列尔，抚摸着他那有些变形的脸、下巴和耳朵。

“我真想像你一样长得这么高大。”

这番话让加布列尔很吃惊，他像史莱克、莫里斯·提列特和巨人安德烈一样好奇地观察着眼前这个瘦弱的男孩，男孩的鼻尖上还摇摇晃晃地挂着一副巨大的金属框眼镜。

“为什么呢？”

“因为这样的话就没人敢欺负我了。”

“他们欺负你吗？”

“是的。”

“谁？”

“乔……乔尔、赫克托还有埃里克。”

“他们不是你的朋友吗？”

“不，他们是敌……敌人。”

“你还有敌人？”加布列尔笑了，“对你这么小的人来说这个词实在太大了。”

“我恨他们。”

“‘恨’也是一个很大的词，阿贝尔……”

“他们侮辱我，还嘲……嘲笑我。”

大块头摇了摇头，又用非同一般的力气握紧了拳头。之后他喃喃地说：“听着，阿贝尔。如果有人想将礼物送给一个人，而这个人却不接受，那送礼的人该拿这份礼物怎么办呢？”

“如果对方不喜欢的话，送礼的人就得把礼物留给自己，不是吗？”

“没错！这道理同样也适用于侮辱和攻击。只要你不接受，那它们就属于想要送‘礼’给你的人。要是他们愿意的话，还可以就着土豆一起把它们吃下去。你明白了吗？”

“明白了，但……但我得向你坦白一件事……事情。”

加布列尔将正读着的书放在桌上，把手放在膝盖上，就像海报上的史莱克、莫里斯·提列特和巨人安德烈一样好奇地看着我。就连维斯特雷都好像突然清醒过来了。

“我带着破损的玩……玩偶来你家的那天，并不是我在街……街上摔倒了。是那三个家伙把它们弄坏的，他们还打了我。”加布列尔沉默地看着我，我注意到他看上去有些不舒服。最后，大块头看向窗外，说道：“那些做了这些事的人真是太可怜了。”

“你这是什么意思？为什么这样说？”

“你想像他们一样吗？”

“不想。”

“不想，当然应该这样。那你还不明白为什么吗？”

加布列尔的沉默让问题悬在了空中，就像小小的白色积雨云一样，而我并不知道该怎么回答他。也许他是对的，达斯·维达、赫特人贾巴或暴风兵的内心一定充满了苦涩。我确信他们心底一定隐藏了难以言说的秘密，所以才会那样处世。

“你也不必担心。”加布列尔补充道，“挑动风浪的人，也必将受到风浪的摧残……”

“是这样吗？”

“是的，生活就像书架上的这枚回旋镖。”他指着放在字典旁边的一个弯曲的木头制品说道，“这是澳大利亚原住民用来捕猎的武器。它总会转回主人手中。”

“啊……”

“而且在困境面前我们要永远保持勇敢，这样才能战胜恐惧，阿贝尔。”

这事说起来容易。像他这样的人，拥有能随便给人来上一拳的能力，可以轻轻松松就把那三个人中的任何一个送上圣贝尼托钟楼……但我该如何回答加布列尔呢？

“我明白。”我回答道，“但我还是很害怕。”

“我们不能害怕。”

“不能吗？”

“不能。你还记得尤达大师说过的话吗？”

“大概记得……”

“恐惧是通往黑暗的路、通往愤怒的门，而愤怒导致仇恨，仇恨带来痛苦。”

我思考了一会儿，然后看着他。

“如果有一天……有一天你看到有人打我，我猜你会……你会……保护我的，对吗？因为这就是朋友间该做的事，不是吗？”

加布列尔垂下了头，他认为是时候转换话题了。

“我没跟你说过莫莉·布朗的故事吧？”他问我。

“谁……谁？”

“莫莉·布朗，电影《泰坦尼克号》里的幸存者之一。她是一位来自美国上流社会的女士，当时正在欧洲旅行。由于孙子生病了，她不得不赶回美国。她登上了泰坦尼克号，在船撞向冰山的那个夜晚她离开了自己的船舱，还帮助很多妇女登上了罗伯特·希钦斯下士指挥的6号救生艇。在整个过程中她一直在与这位船员对峙，因为这艘救生艇本可以再多装四十人，却被下士拒绝了。她被人尊称为‘永不沉没的莫莉·布朗’。没有什么能让她消沉，当沉船事故调查委员会在调查只有七百多名乘客得救的原因时，她说……等等，我应该是在某本书中标记过的……”

于是加布列尔挣扎着从椅子上站起来，开始在《国家地理》杂志中搜寻，直到找到他所需要的那本。

“听听她说了什么。在证词中她说道:‘我们的救生艇上有不能被称为人的家伙。就因为他的懦弱行为。除了他的着装外,没有什么能让我将他划归为人类。’”

“天哪!”听到这番话后我惊呼起来。

“当卡帕西亚号将他们救出时,莫莉还充当了翻译,因为她会讲法语和德语。此外,她还在幸存者中组织了募捐活动,以帮助那些已经一无所有的三等舱乘客及其家人。我们必须像永不沉没的莫莉一样,永不消沉,永不屈服。”

也许加布列尔是对的。事实上,身处受史莱克、安德烈·鲁西莫夫和莫里斯·提列特保护的那四面墙内,我有满满的安全感,但我知道我不可能永远待在其中。正如奥尔佳所说,迟早我都得面对那三个家伙,但那一刻到来之前,恐惧可能就已经把我打倒了。

9.公主新娘

整个十二月，我几乎每天都去加布列尔家。我和他一起做作业，告诉他我在学校过得如何，我们还经常一起看电影。不过，加布列尔很有原则，我只有在完成作业和德摩斯梯尼的语言练习之后才可以看电影。

我做完作业后，他还会用红笔将我做错的地方标记出来。他会耐心地向我解释单词的意思、说明数学运算的方法，然后我再张开嘴来复述。他从浓密的眉毛下看着我，脸上洋溢着满意的笑容。

在加布列尔身上总有令人惊喜的发现。有天下午，当我完成所有的任务后，他将我带到楼下，然后打开了墙边钢琴的盖子。

“你会弹……弹……弹钢琴？”

“是的。以前会，但现在……”他说着便抬起双手向我展示他的手指。

加布列尔在钢琴前坐下,敲击了几个键。每次他都只弹两三个键,而且那音质很奇怪,听起来像是一段模糊又刺耳的旋律。不过,他的手指在琴键上跳跃的速度和精准度却是惊人的。他闭上了眼睛,头微微地前后晃动,就好像每时每刻他都知道应该弹哪个键。真是太神奇了。

由于这种流畅的演奏无法持续太久，当加布列尔意识到自己正在破坏旋律时,他就会很生气。然而,此时我注意到一些奇特的事物。餐厅里的架子上放着《公主新娘》的电影光盘,封皮是菲兹克和埃尼戈·蒙托亚的海报，我向他提议放这部电影来看看。

“你没看过吗？”他问我。

“没有。”

“这可是我最喜欢的电影。”

“是关于什么的？”我边问边将光盘放入满是灰尘的旧播放器中。

“一个爷爷向他生病的孙子讲述了一个名叫布卡特的女孩的冒险故事。布卡特住在弗洛林农场里,她喜欢骑马散步,也喜欢缠着农场里一个叫维斯特雷的男孩。”

“这让男孩很困扰吗？”

“是的。她总给他指派繁重或者荒谬的工作,但他却总是回答‘遵你所愿’,实际上他是在说‘我爱你’。过了一段时间,布卡特发现自己也爱上了维斯特雷,但当男孩不得不去海上谋生时,

他们被迫分开了。维斯特雷的船遭到了海盗罗伯茨的袭击，这名海盗总是杀死他的俘虏，而布卡特也失去了维斯特雷的消息……”

“这机器放不了！”在与播放器僵持了一阵之后，我抱怨道。

“没关系。它迟早会坏的。我继续给你讲，她……”

“谁？”

“布卡特。”

“哦。”

“布卡特决定永远不再爱别人。但她不知道的是，因为她的美貌，她成了胡姆普丁克王子的妻子人选。”

“谁是胡……胡姆普丁克？”

“他是故事中的坏人。一个善变、扭曲、丑陋的王子，非常丑陋。要我接着讲吗？”

“好的！”

“布卡特在与胡姆普丁克举行婚礼之前被三个人绑架了，他们是智者维齐尼、巨人菲兹克和剑客埃尼戈·蒙托亚。”

“就是海报上那几位……”

“没错！这三个人带着她逃到了一艘前往吉尔德的船上，想要杀死她来陷害他们。”

“陷害谁？”

“吉尔德的人。但他们一行人被一个披着斗篷的蒙面人跟踪了，当他们到达疯狂悬崖时，巨人菲兹克帮助大家爬上了悬崖。

当维齐尼、菲兹克带着布卡特逃离时，蒙托亚就在悬崖顶端等着那个蒙面人，要和他进行一场佩剑决斗。"

"他们没有枪吗？"

"没有，只有剑。这是剑客的故事，不是枪手的故事。"

"啊，好吧。"

"但是在决斗之前，蒙托亚告诉那个蒙面人，他的人生目标就是找到有六根手指的人，因为这个人杀害了他的父亲，因此蒙托亚问蒙面人是否见过这个人……"

"没有人手上有六根指……指头。"我打断他的话。

"哦不！你会惊讶于这个神奇的世界的，阿贝尔。要我接着讲吗？"

"好的！"

"那个蒙面人击败了剑客蒙托亚，使其昏迷过去。随后他又对上了巨人菲兹克，在被掐住脖子后，菲兹克也陷入了昏迷。最后他在智斗中对上了维齐尼——这位意大利人在一杯红酒中放入了毒药，谁喝到就会死。尽管是维齐尼设置的陷阱，但由于蒙面人对毒药免疫，所以最后死的还是维齐尼。"

"维齐尼也太愚蠢了！"

"是有那么一点儿。之后，布卡特就和蒙面人一起逃走了。不过，他们一直被胡姆普丁克和他的手下追捕。与此同时，她发现蒙面人就是海盗罗伯茨……"

"就是谋……谋……谋杀了维斯特雷的那个人吗？"

“正是,她将蒙面人推下山时,听到了他的喊声‘遵你所愿’。她才意识到这个蒙面人并不是海盗罗伯茨，而是她一直以来苦苦寻找的维斯特雷。于是她追随着他,从山上纵身跃下。”

“他们没死吗？”

“没有,我跟你说过这是一个故事。在故事里,好人永远不会死。”

“那接下来发生了什么？”

“之后维斯特雷和布卡特逃到了火沼泽,他们必须穿过火沼泽才能到达罗伯茨的船上。罗伯茨在十五年前就已经退休不干了,所以将船留给了维斯特雷。”

“他是一个好心的海盗……”

“的确如此。当他们到达火沼泽时,布卡特被流沙吞噬了,维斯特雷一头扎进去将她救了出来。之后他们又遇到了一只巨大的老鼠……当他们到达火沼泽的另一边时，还遇到了胡姆普丁克王子和他的手下。布卡特只得以投降来换取维斯特雷的性命,然而她并不知道，那个有六根手指的鲁根伯爵会在绝望深渊中用那台会吸取人青春年华的机器狠狠地折磨他。”

“也就是说那台机器会让维斯特雷一直衰老下去直至死亡？”

“没错。事实上就是胡姆普丁克自己雇用了那些绑匪,并企图在新婚之夜将布卡特杀害,并嫁祸给他在吉尔德的近邻们,好向他们发动战争来夺取他们的土地。”

“有点儿复杂，对吗？”

“是的，这就是政治。它让一切都变得复杂。”

“我爸……爸爸也是这样说的。”

“就在这时，巨人菲兹克又遇见了蒙托亚，此时的蒙托亚已经知道谁是那个长着六根手指的杀父仇人了。于是菲兹克和蒙托亚一同寻找维斯特雷，希望他能伸出援手。不过，当他们找到维斯特雷的时候，他已经死了，于是他们将他带到了一个没有牙齿的老术士面前，请他帮助维斯特雷复活。这位老术士就是神奇的马科斯。”

“这是真……真的吗？”

“这是故事，在故事中一切皆有可能。我继续讲？”加布列尔问道。

“好嘞！”

“不久之后，菲兹克、蒙托亚和维斯特雷进入了胡姆普丁克的城堡，在那儿蒙托亚遇到了有六根手指的鲁根，于是他骄傲地问候道：‘你好，我是埃尼戈·蒙托亚。你杀死了我的父亲，准备受死吧。’但在他发起攻击之前，鲁根先刺了他一剑。”

我吓得赶紧捂住了嘴，加布列尔则举起一只手示意我别紧张。

“你别着急。”他对我说，“蒙托亚可是集很多个蒙托亚于一身的。他设法重塑了自己并且……”

“可他被刺了一剑呢！”

“这是一个故事，阿贝尔，我告诉过你在故事里一切皆有可能。正如我给你讲的，蒙托亚最后是在重复了多次‘你好，我是埃尼戈·蒙托亚。你杀死了我的父亲，准备受死吧’之后，才得以复仇。”

“那布……布卡特呢，她怎……怎么样了？”

“我们接着往下讲。就在蒙托亚和鲁根对决的同时，婚礼在未经布卡特允许的情况下举行了。但在最后一刻，重生的维斯特雷出现了，他杀死了胡姆普丁克。”

“那最后所有人都会幸福地生活下去，对吗？”

“没错。”大块头笑了，“你喜欢吗？”

“非常喜欢。”

“当然啦，这是一部非常不错的电影。”

尽管旧播放器播放不了，但幸运的是在近一个小时的时间里，加布列尔细致入微地给我讲述了这个故事。

我看着他比比画画，讲到激动处挥舞双手大喊大叫，在适当的时候做出惊恐或者友善的表情……这都让我感觉像是真的度过了一段愉快的观影时光。最有趣的就是看着他模仿蒙托亚，他演绎得太出色了，差点儿就弄坏了挂在墙上的三幅画、餐厅的灯和一把椅子。

那真是个令人难忘的下午。

10.无法更换的心脏

好几个星期里，奥尔佳一直坚持不懈地向我表达着想要认识加布列尔的意愿，并且多次在课间休息或上课期间向我追问：

“怎么样？你到底什么时候带我去见他？”

“我不知道……”

“你跟他提过我吗？他知道我是谁吗？肯定没有。的确没有，我像是傻瓜吗？”

我沉默了，因为有时候想要去看望加布列尔并非易事。他心情不好的日子里，就连我也没法儿见到他。

我们约定好在上楼之前，我会先叫他，然后他会告诉我能不能上去。大块头开玩笑说，他这样做是因为不想伤害我，但我知道他是因为骨头疼，所以不希望我见到那种状态下的他。

十二月中旬的一个下午，最糟糕的情况发生了。当时，我发现妈妈正在他家门前等我，因为她接到了加布列尔的电话，让我

不要去看望他。

第一次之后,便是第二次、第三次……我真的受够了。

在第四次无法前往加布列尔家后的晚饭时间，爸爸妈妈小心翼翼地向我解释了这件事。

“我想你明天也不能去见加布列尔了。”妈妈说道。

“为……为什么不能去？”

“他妈妈说他心情不好，我和她谈过了，我们认为最好是……”

“你知道加布列尔病了,对吗？”爸爸插话进来。

“是的,我当然知道。”说着我叉起一个肉丸,但其实我并不饿。

“患这种病的人……”

我抬起头看着爸爸,他试图找到最合适的词,好让我明白他的意思。

“……是没办法治愈的,儿子。你朋友患的病是没办法,或者说至少现在还没找到办法去治愈的。”

“我们希望你明白的是,”妈妈接过话继续解释道,“他能活多少年还是个未知数。”

爸爸妈妈互相看着对方，他们不确定我是否理解了他们话中的含意。

“总有一天他会离去。”妈妈说,“你明不明白,而现在的每一天对他父母来说都是沉重的负担。”

“加布列尔对任何人来说都不是负担！”我生气地大喊道，“肯定是你们的错！”

接着我扯下身上的餐巾，突然起身，像闪电一样冲到街上。这一举动把爸爸妈妈的话生生地堵在了嘴里。

他们的话令我十分气愤，就好像加布列尔被侮辱了一样。那时我还没有意识到，像我朋友这样有身体缺陷的人所需要的全部关爱，他的爸爸妈妈已经竭尽所能地给予了他。

我日复一日地碰到他们，并向他们打招呼。他们七十多岁了，看上去苍老疲惫，肩上的负担一天比一天重。

我的父母一直为我做着心理疏导，他们告诉我总有一天，加布列尔将不得不去一个能为他提供专业照护的地方。但那时，我不知道也许这样会更好，因为总有一天加布列尔的病会把他带走，而那一刻谁都无能为力。实际上，医生已经做出了诊断：因为肢端肥大症的缘故，加布列尔的寿命不会太长了。

就像之前很多次那样，我没有敲门就进入了房子并且大喊道：

“加布列尔！”

那时是晚上八点，玛蒂尔德太太正在厨房里。她看到我，给了我一个甜美的笑容，但同时她又无奈地耸了耸肩。加布列尔的爸爸也在厨房里，正在给晚饭时要吃的土豆削皮。

“我没法儿再等下去了。”我说道，“我是来看他的，他在哪儿？”

“今天他也是带着极其糟糕的心情醒过来的。”加布列尔的爸爸回答道。

接着他用眼神示意我——可以到楼上去见他。但在我朝楼梯迈开脚步之前,加布列尔隆隆的声音在屋子里回荡开来:

“我不想要他上来!”

“但我要上……上来,我想见……见你!”

“不行!”声音从楼上传来。

“可以的!共患难的友情才能历久弥……弥……弥坚!你忘……忘……忘了吗?你别让我生气或者困……困……困扰!”

加布列尔没有再说什么,我三步并作两步地跑上楼。当我走进他房间时,他正不修边幅地躺在床上,脸色比平日里更加苍白。

我从来没有见过他这个样子,而且他的眼睛凹陷得更厉害了。见到我,他赶忙用毯子盖住了自己。

史莱克、莫里斯·提列特和巨人安德烈从海报上看着他,流露出比平时更担忧的神情。

“她们没有权利!就是没有权利!”我坐在他对面的椅子上嚷道,“妈妈们都没有用!她们已经有一千年的时间没让我来看你了!”

加布列尔从毯子里探出头,严肃地看着我。

“别说傻话,阿贝尔。妈妈们是非常重要的。是女性让这个世界变得更美好。”

“真的吗？”

“真的。是我告诉她们不要让你来的。”

“为……为什么？你怎么了？”

“十天前罗维罗萨医生来看了我。”大块头幽忧地说道，“他每两周来给我听诊一次，并给我开药。”

“然后呢？”

“他给我换了药。不过我心情不好不是因为这样或那样的原因。”

“那你想说……说什么？”

“困难就像大山，翻过一座还有一座。”加布列尔抱怨道。

“肢端肌萎缩症的事……”

“那叫肢端肥大症。”他有些生气地纠正道。

“我知道这叫肢端肥大症。”我有些打趣地说道，“我是为了逗……逗逗你。”

于是，加布列尔再一次向我解释起之前我还没弄明白的有关垂体的知识。我还不知道那种被称为生长激素的东西到底是什么。

我唯一清楚的是加布列尔三十六岁了，因为体形过大，他的心脏和骨骼都产生了畸形。

“他们不能给你做移……移植吗？”我小心地问道。

听到这句废话，史莱克、莫里斯·提列特、巨人安德烈，甚至

是埃尼戈·蒙托亚都把眼睛翻向了天花板。

“你认为他们能找到适合我的大心脏吗？”

“不。”我迟疑了一下说，“我想你这……这么大的心脏确实是很难找的。”

现在我知道了，加布列尔的心脏与他的胸腔并不适配。而他的心脏是金子般的，要找到有那样特征的心脏并不容易。

他罹患的疾病使他的骨头越来越疼，且无法治愈。他的心脏会慢慢地变大，直到有一天大到他的胸腔再也容不下，然后……我怯怯地问出了一个萦绕在我脑海里的问题。

“你怕……怕死吗？”

加布列尔的下巴颤抖了一下，嘴上立刻绽出一个脆弱的笑容。

“不，一点儿都不。妈妈总是对我说，像我这样的天使以后会去一个可以走出家门、也可以拥有很多朋友的地方。”

“但我真的很怕你会死去。”

“为什么？”

我的眼睛像进了沙子一样刺痛。有些话我不敢说出口——我本想告诉他，对我来说他不仅仅是兄弟，也不仅仅是最好的朋友……和他在一起我学到了很多东西，而我走进的这栋被同学们称为“怪物之家”的房子则是全世界让我觉得最安全的地方。

我什么也没说，只是停顿了一下：“好吧，因……因为……因……因为……因为就是这样。”

由于我不想再谈论这件事，而且我的嗓子里也不知道涌上了什么，我只觉得喉咙干涩、眼睛刺痛，一心只想转换话题。

加布列尔的床头柜上有本封面破旧的诗集，他曾用那像香肠一样的手指极其小心地翻阅过。他把它当作宝贝一样地珍藏着，在书中他读到了那些如比利牛斯山潺潺流水中涌出的甘泉般的诗歌。

那本旧书令我着迷，于是我从床头柜上拿起了它。我随机翻开了一页，为避免陷入尴尬，我开始朗读起来：

> 我会上青天
> 去拾取文辞，
> 乘一架梯子
> 在风中雕刻。
> 每一次举步，
> 都萦绕一缕薄雾；
> 每一回落足，
> 都伴随星光夺目。

“我很喜欢这首诗。”加布列尔在床上喃喃地说道。

“这也是乔……乔安娜·拉斯帕尔的诗吗？”

“是的。当一本书只有一位作者的署名时，这本书里所有的诗都是她的作品……”

他的回答令我发笑。那天下午,加布列尔的眼睛像我刚认识他时那样闪闪发光。史莱克、莫里斯·提列特和巨人安德烈都松了一口气,而埃尼戈·蒙托亚则有些不相信地动了动胡须。

“你想让我再给你读另……另……另一首吗?”我问他。

“当然,你读得很好。”

当我入梦时,
我比醒着更觉舒适;
脑海翻涌新鲜的事,
好于我所有的已知。
我看见那些脸各不相似,
没有一张是我的旧识,
但我们交换着真知,
用着老朋友的方式。

“你喜欢这本书吗?”加布列尔问我。

我不敢回答他,因为我知道对他来说这本诗集非常特别。

“你知道吗?”他问我。

“什……什么?”

“我可以把它借给你。那些诗我几乎全都记下来了。诗歌的好处就是你可以凭记忆去回味。”

“你借给我?”

“是的，但是请像对待《星球大战》的玩偶那样好好保存它。”

在布谷鸟钟报时之前，云朵儿就开始大声啼叫，它像中了圣诞彩票的头奖一样兴奋：“啁啾——啁啾——啁啾——啁啾——啁啾——”

金翅雀在笼子里闹腾了好一阵。当它终于累了停下来时，加布列尔给它喂了一些食物，又亲昵地抚摸了它的脊背。

“我觉得自从你进入房间之后，它就有些嫉妒……”他微笑着，“我没给你讲过它的故事吧？”

“从来没有。”

“来吧，听着。那是五月的一个下午，当我从窗户向外眺望时，我看见一只雏鸟在门前那棵树下跌跌撞撞。它试图走动，但却走不了，尽管如此它还是不肯放弃，好像在说，‘我跌倒了，我又站起来了’。它是夜里从树上的鸟巢中跌落的，而后回不去了。我将它捡回来，喂了好几个星期……现在算算很快就要满十三年了……”

“十三年？”

“是的，金翅雀能活很长时间，有的甚至能活二十五年到三十年。它陪伴我，也会跟我说说话。”

“它会跟你说……说话？说什么？”

“好吧，它是用它的方式说的。鸟类总会谈论一些有趣的事。关于云、雨、星辰、太阳……”

就在这时，加布列尔的妈妈走上楼梯，进入了房间。看到我

们正聊得热火朝天,她轻叹了一口气,问道:

“你想吃晚饭吗,加布列尔?”

“现在想了。”

我意识到自己该回家了，不过告辞时又跟他约好第二天见面。玛蒂尔德太太陪我下了楼,又给了我响亮的一吻,那响声我想即使是在马约尔广场长凳上打瞌睡的老人也能听得见。

那天晚上,我揣着加布列尔的诗集回了家。

我脑海里矗立起一座精美的雨层云城堡，我觉得我是这个世界上最幸运的孩子,因为我感觉自己正从城堡上空飞过。

那天晚上我还有一件事情要做,那就是向爸爸妈妈道歉,因为在离开家的时候我是那样怒不可遏。

11.窗口的光束

圣诞节很快就到了,街道上到处都是闪烁的小彩灯,天空中巨大的积雨云就像棉花房子一样。

假期开始前的一个早晨,我在学校门口遇到了奥尔佳。她已经把自行车锁好了,正靠在大门上等我。

“你跟他提过我了吗?”

“没有。”

“我真要给你一巴掌,好让你变得更傻。”

“你说真的吗?”

“当然不是,你这个笨蛋。你知道我肯定不会打你的,但我真的很想认识他。”

“我记得你已经跟我说过一次了,对吗?”

奥尔佳做了个鬼脸,我的脸上显现出些许不耐烦。

“是呀,大约三百次了吧……但是怎么样?你会把他介绍给我吗？”

“我不知道，奥尔佳。”

“亲爱的……”她亲昵地叫道。

“亲爱的？”

“你真是太扫兴了，不是吗？”

“我吗？”

“不是你，难道是我的姨妈玛利亚？”

“你别生气。”我向她请求道。

“谁？我吗？不，如果要我别生气……”她有些生气地说道。

“我向你保证我很快就会跟他提起你，我会告诉他你想认识他，好吗？”

她是不达目的不罢休的，而我则思考着该如何向他介绍奥尔佳才合适。

那天晚上，我透过窗户看到加布列尔在房间里的身影躁动不安，他看起来很忙碌。第二天早晨，当我醒来时，我发现他的窗户上满是彩色的星星。那些星星环绕在一个玩偶周围，那玩偶正是纸质的阿土地土。

许多个下午，在做作业的时候，我都能看到大块头加布列尔在一支笔、一张纸和一本字典之间忙碌着，他边吟诵着单词边眯着眼睛凝视窗外。

当他找到合适的文辞放进那个诗词“万花筒”时，我能看到

他微笑，那样的词句通常在内容和形式上都是完美的。有时我也能看到他在生气，因为那些词句并不是他想要的。每当这时，我就会看到他用很大的力气把纸揉成一团。

我知道他正在创作一首他跟我提过很多次的诗，我也经常问他是否可以读读这首诗，因为我真是太想读一读了。

“我能读读看吗？”

“还不行呢，你真是太心急了。”

“为什么不……不行？”

“因为还没写完呀，还……”

“知道啦，知道啦！”我有些闷闷不乐，“是因为万……万花筒那些事，还有关于玻……玻璃……璃和色彩什么的那些奇奇怪怪的东西。”

“是的，你太聪明了。”

“哦，当然！非常聪明。”我笑了，“在我今天离开之前，如果你想要夜游一番，我们可以试试。”

“试试什么？”

“外出呀。”

“你知道吗，阿贝尔？”大块头说道，“大事总是从小处开始做起的，但这个道理往往少有人知。”

“你的意思是你不想出门？”

“是的。有时候想要游历四方并不需要出门。”

加布列尔双手紧紧地抓着桌子。那天下午我们又聊了好一会儿。当布谷鸟钟和云朵儿提醒我们的时候，已经是下午七点半了，我向他道别，然后回了家。我提的那个建议好像让他有些不舒服，很长一段时间里他一句话也没说。我感觉他的眼神里有一丝恐惧，仿佛我向他提议的是我们要去干什么坏事。

圣诞节期间，我经常去加布列尔家，但始终没有办法说服他出门玩。圣埃斯特万节① 那天下雪了，我给奥尔佳打电话邀请她一起去贝拉维斯塔小树林堆雪人。

九点半的时候我们在家门口碰头，然后就戴上手套、帽子和围巾，穿得暖暖地出发了。天空中只飘着四朵像铺满街道的雪一样洁白的积云，地面上那些积雪在我们的靴子下嘎吱作响。

当经过加布列尔家时，奥尔佳注意到一楼的窗户里有光，于是指着问道：

“是那儿吗？”

“是的。”

“我敢肯定你还没有跟他提过我。”

我不置可否。

“你不是答应过我会跟他提起我吗？我很想认识他。”

“我不知道。”

“哼！”

---

①加泰罗尼亚地区特有的节日，在 12 月 26 日。

“我真的不知道……”

“哼！你可不能这样！”

在我们到达贝拉维斯塔小树林之前，奥尔佳一直都在重复她那强烈的愿望。我明白，即使跟加布列尔提起她的事，也不会有坏处。不管怎样，如果他不希望奥尔佳去见他，那也不至于是世界末日，于是我同意了奥尔佳的请求。

“好吧，我会跟他说的。”

“一言为定？”

“一言为定。”

我们花了大半天来堆雪人，还用一些石头给雪人做了眼睛，用几根树枝充当手臂。一切都进行得很顺利，突然，我的头上飞来一个雪球。我转过身，看到奥尔佳正向我吐着舌头。整个上午，我们堆完了雪人又打起了雪仗，一直到午饭时间才停下来。

“别忘了你答应我的事。”奥尔佳提醒道。

“我会尽力的……”

“你会的，小小鸟……”她做着鬼脸道了别。

圣诞节假期之后紧接着是二月的暴雪、三月的寒风和四月的冷雨。但无论是下雪、刮风还是降雨，我都风雨无阻地前往加布列尔家。他会在我不经意间教导我、纠正我。大块头的眼睛里闪闪发光，因为他早已怀揣了“活下去”和“开口笑”的愿望。

某些非常难受的下午，加布列尔会恳请我不要去看望他。而我会尊重他并且遵守承诺。

到了四月中旬，我成了非常难受的那个人。我再次患上了感冒，不得不在家休息几天。

在某个无聊的夜晚，我厌倦了星空，就转过头去看看加布列尔房间的窗户，幻想他正忙着写那首永不收尾的诗。

突然，我那大块头朋友桌上的那盏扭曲的灯熄灭了，一束光朝我房间的窗户照射过来——四下短暂的闪动之后是三下长亮。

起初我还以为这是大街上某辆路过的汽车车灯，但闪动的光束又重复了一次：四短三长，接下来，一短一长两短……

这样有规律的闪动持续重复了很长时间。是加布列尔想要告诉我什么事吗？我突然领悟，这是莫尔斯电码！是船只之间交流的语言！泰坦尼克号就曾经使用过。

我跳下床，开始在书架上疯狂翻找。我推开阿土地土和斯瑞皮欧玩偶，以及其他一些玩具，终于找到了几周前加布列尔送给我的《小探险家手册》。

我打开它，然后一个接一个地查找他从窗户向我发送的光束含义：四短三长，接下来，一短一长两短……

一分钟后，我破解了密码。

“你……好，”闪烁的光束是在说，“你好吗？”

我急忙打开书桌的抽屉，取出手电筒，把它的光束聚焦在加布列尔房间的窗户上。那光束穿过了香蕉树的枝丫。我开始按照莫尔斯电码来控制手电筒的光束，以此传递信息：

“你好,加布列尔,我在床上,你呢?”我终于将信息发送出去。

加布列尔一定牢记着莫尔斯电码对应的各个字母，因为他立即就回复了,几乎没给我检查每组光束含义的时间。

“我在家,我很想你。”加布列尔回答道。

“我也很想你,我觉得很无聊。”

“你什么时候能好?”

“我不知道。”

加布列尔的光束静默了一会儿，但是几秒钟后我再次看到它短暂地闪烁了两下。

“哦。”

“我希望我很快就能好,我患的是感冒。”

几秒后,加布列尔就回答了我,我都能想象到他当时惊讶的表情。

“又是感冒。”

“是的,等我好了,我就过来。”

“你有新电影吗?”

“有些新的,我会带来的。”

“好的。”

“那首诗你写完了吗?”

“还没有。我已经好几天没学习了。”

“你偷懒了。”

“拜托。”加布列尔用手电筒打出来。

“你知道吗？”

“什么？”

“我有一个朋友想要认识你，她叫奥尔佳。”

在短暂的几秒里，加布列尔并没有回应，但当我破译了他之后从窗口向我发送的莫尔斯电码后，我的心怦怦直跳。

“好的。”从大块头的窗口射出的光束是这样说的，“奥尔佳可以，但达斯·维达和其他家伙可不行。”

那天晚上，我迫不及待地打电话给奥尔佳，告诉她加布列尔同意了。她惊喜的尖叫声恐怕在离贝拉维斯塔小树林一个小时车程的地方都能听到。

12.被撕碎的友谊

感冒好了以后，我立即去了加布列尔家，他再次怀着无限的耐心帮助我进行朗读练习。

当我读得好时，他会说“就是这样”；当我又磕磕巴巴时，他就会要求我“努力改善”。

在日复一日的练习中，我都没有意识到，自己的口吃程度在一点点减轻。在各种游戏、绕口令、故事和作业之中，加布列尔帮助我大大提升了语言能力。

他的手指顺着书上的字一行行地滑动，有时我不得不将它推开，因为它太粗大了，会遮住一半的单词。

还有些时候，那双大手会握住我的手来进行书写练习，或者在一些特别难的数学运算中帮助我写写算算。

当我把那些彩色的弹珠放进嘴里时，他会哈哈大笑，然后让我重复一些奇怪的绕口令。我没有意识到这些绕口令对我的帮

助会有这么大——“帕拉有狗叫哈巴。格拉的葡萄往上爬。帕拉的哈巴顺着格拉的葡萄往上爬。”“巫婆用蜂油和羊毛油调酒。”他告诉我，他笑就说明我已经做得很完美了。

我们还日复一日地参加云朵儿和布谷鸟的比赛，看它们谁的啼叫声更响亮。

我还没有带奥尔佳一起去拜访加布列尔，因为那几天她也生病在家。妈妈总是对我说，只要病倒了，就说明当时肯定有一种病毒正四处扩散。

这样的生活一直持续到四月下旬的一个大风天。那天，天上乌云密布。下午放学时，我没有等奥尔佳，因为她已经生病四天了。

我五点的时候离开了学校，准备先回家吃些点心，然后再像每天下午一样，过去和加布列尔一起做作业。

我与那帮疯子已经有好几个星期没发生任何冲突了。但是那天下午，就在我马上要到家的时候，我听到一支低声轻唱的小曲儿，伴随着邪恶的笑声。

“阿贝尔没有小鸡鸡，就算有的话，也非常小！”

我不用回头就知道，一定是达斯·维达、赫特人贾巴和暴风兵那三个家伙。他们走在我身后，绞尽脑汁、搜肠刮肚地运用全部才智来取笑我，要知道才智对他们来说可是稀缺物。

他们唱歌时还相互推搡着，脸上露出坏笑。

我假装没有听见他们的声音,但是我全身的血液都在沸腾,光听见他们的声音就能令我双眼模糊。

“阿贝尔没有小鸡鸡,就算有的话,也非常小!阿贝尔没有小鸡鸡,就算有的话,也非常小!”

我闪身躲到一棵香蕉树后。那三个霸凌者假装没有看到我,这让我稍稍松了一口气。但突然,他们改变了方向,直直地向我走来。我急得直冒汗。那一刻我可以大声呼喊“加布列尔”来求救,但那样太懦弱了。很快我就听到达斯·维达那闷闷的声音:“你以为你能去哪儿呀,阿……阿……阿……阿贝尔?”

“你在这儿干吗呢,怪物的朋友?”赫特人贾巴站在他后面说道。

达斯·维达一把扯下我的书包,把里面的东西一股脑儿倒了出来。我的文具盒、课本还有笔记本就这样散落在人行道上。

我担心加布列尔最爱惜的那本书被弄坏,所以第一时间就从地上捡了起来。然而,达斯·维达的目光还是落在了上面。

“那是什么?”达斯·维达从我手中夺了过去。

他把书翻开一页,笑得更加肆无忌惮。他大声朗读的时候,脸上还闪过邪恶的神情。

我会上青天
去拾取文辞,
乘一架梯子

在风中雕刻。

“你居然还读诗?”他不屑地吸着鼻涕,“看来你不只是笨蛋,还是娘娘腔啊。我之前竟然没发现你是个娘娘腔!笨球一样的娘娘腔!”

我既恐惧又茫然地看着他,因为我不知道那是什么意思。

“无论从哪个角度看,你都是一个‘娘娘腔结巴’。”达斯·维达大笑起来,好像在为他那空空如也的脑袋所创造出的自以为杰出的词语而感到自豪。

另外两个人听完之后就像动物园里的猩猩一样为他振臂欢呼,暴风兵还朝着我的学习用品狠狠地踢了一脚。

突然,达斯·维达开始一页一页地撕扯加布列尔的那本书,那些诗歌混着被风吹落的香蕉树叶,漫天飞舞。那“薄雾”“星辰”“风中的梯子”“彩绳”和用加布列尔诗歌中那甜美的诗意编织的“缎带”此刻就在青色的天空中翻飞舞动。它们沿着街道飘散开,去装饰其他诗句和别人家的屋子了。

忽然，我用余光注意到，那栋大房子的餐厅窗帘晃动了一下。我猜想窗帘后那巨大的身影应该就是加布列尔。于是我松了一口气，终于得救了。

“加布列尔！”我害怕得要死，于是拼命呼喊，“加布列尔！”

我坚信此时他正用鼻子贴着窗户，偷偷地盯着我们。我幻想他会快步走出房门，用大手抓住他们几个，然后一脚飞踢将他们送上屋顶，让他们一直飞到足球场或圣贝尼托钟楼才落地。

但是想象中的这一切都没有发生。在确认他没有出现之后，我的脑海中盘旋着一堆问号。

“加布列尔，你为什么不出来救我？”“加布列尔，我们不是朋友吗？”“加布列尔，你怎么能任由他们在你家门口对我做出这样的暴行？”

“加布列尔……”当他们向我扑过来时，我轻声呼唤着。

我所在的位置离其他房子太远了，没人能听到我的呼喊。

赫特人贾巴和暴风兵各自一边抓住我的胳膊，达斯·维达打开了我的文具盒，拿起彩色笔，将它们一一折断。

我的血液不再沸腾，我的牙齿开始打战。我站起来，推开赫特人贾巴，但暴风兵猛地在我脸上揍了一拳，将我打倒在地。

当他们终于厌倦了对我拳打脚踢时，达斯·维达将那本诗集朝我丢来，我惊恐地发现加布列尔的心爱之物被糟蹋得不成样子。书的封皮就像死鸽子的翅膀一样耷拉着，而里面一页不剩。

“总有一天……”我举起愤怒的拳头，嘴里蹦出这几个字，“总……总有一天！”

“总……总……总有一天怎么样，屎蛋儿？”达斯·维达问道。

“没准儿他就敢跟你打架了。”赫特人贾巴笑了。

“那肯定很快就结束了，但一定会很有意思。他很明显就是个娘娘腔啊。”达斯·维达像个恶棍一样讪笑着，另外两个家伙很满足地看着他。

那三个霸凌者终于走了，我从地上狼狈地爬起来，开始一张一张地去捡拾被撕落的书页。我花了十多分钟才捡齐，然后拿着那沓纸去了加布列尔家。

我进屋的时候，加布列尔正好爬上了通往二楼的楼梯。我看到他时，他正坐在房间的椅子上，一双眼睛直直地盯着窗户。他的眼睛看起来红通通的，好像刚刚哭过一样。

一分钟的沉默之后，云朵儿气急败坏地用一声急促而尖锐的啼叫打破了这份寂静。

于是我抬起手给他看了看那些被揉坏的书页，那已经是他那本心爱的诗集留存下来的全部内容了。

“他们把书弄坏了，加布列尔。”我抽泣着，“我真的很抱歉。我……”

加布列尔拿起书，捧在手里，就好像那是一只被子弹击中的麻雀。我什么也做不了，因为他们已经把它完全摧毁了。

“刚才那……那一幕你都看见了，对吗？”我抽泣着。

“是的，我全都看到了。”

“那你为什么不……？”我震惊地说道，“我不明白。你为什么不出去保……保护我？我以为我们是朋友！”

加布列尔像个恶作剧之后的孩子一样垂下了头，他不敢看我。

我颤抖得就像风中的树叶，也不知该说些什么。

他抽动着身子，眼泪夺眶而出，滴滴掉落在裤子上，渗透消失。

“因为我……我是一个懦夫，阿贝尔。”他抽泣着，坐着的椅子也跟着一起颤抖，“别看我块头这么大，但事实上我胆小如鼠。而且我想告诉你，足球和玩偶那几次事件我也都看见了，但我都不敢出去……”

什么?！我简直不敢相信。他竟然不敢出来保护我！

我以前一直深信“你所拥有的力量，让你无所畏惧”，但当我看着眼前如此高大、如此强壮的加布列尔时，我知道自己彻底想错了。

史莱克、莫里斯·提列特和巨人安德烈仿佛都要羞愤而死，他们正在寻找从海报上逃离的方法。云朵儿也将它的头藏在翅膀之下，惊恐地看着我们。

“我以为你挂在墙上的这些人物真的都很勇敢。”我失望地说，“维斯特雷、菲兹克和埃尼戈·蒙托亚他们并没有将自己关在家里，莫莉·布朗也一直在努力保护那些无法自救的人。朋……朋……朋友之间就应该伸出援手！你不知道吗？”我的愤怒终于爆发了：“你就是怪物！比怪……怪物还要过分！”

还没等他回答，我就转身离开了房间。

加布列尔把鼻子紧贴在窗户上，目送我哭着走向大街。

我心灰意冷地回了家，裹挟着暴风雨的乌云在我头顶狂舞。

那天晚上，我睡得很短，却哭了很久。

那天晚上，加布列尔房间的灯一直亮到了凌晨。

那天晚上，下了一场好大的暴雨。

13.加布列尔的秘密

第二天早上，奥尔佳回到了学校，她终于从感冒中恢复过来。她跑来找我，想让我兑现一起去探望加布列尔的承诺。

“我们什么时候去？我们什么时候去？我们什么时候去？”她一见到我就不停地问道。

我转过身，愤愤地说道：“我再也不想去见他了。”

“拜托！别开玩笑了。”

“真的，我不想去了。”

“为什么？发生什么事了？”

“他就是个叛徒。你看见这个了吗？”我指着额头上的瘀青说道，“他居然没出来保护我。”

然后我将前一天下午发生的事一五一十地告诉了奥尔佳。她听到我说的话，眼睛瞪得像盘子那么大。显然，她无法认同我的看法。

“我还是觉得难以置信。他为什么不出来?这有点儿奇怪,你不觉得吗?”

但我们没有再多说什么,因为我不想再聊下去了。而且上课的预备铃很快就响了。然而,奥尔佳做了一件让我大吃一惊的事——她给了我一个拥抱。然后,我们一起走进了教室。

随着春天的到来,白天越来越长,天气越来越暖和,终于到了可以穿短袖的时节了。

我与加布列尔闹掰已经有一个星期了,尽管我不想听到任何有关他的消息,但不得不承认,我真的很想念他,而且我总觉得心里空荡荡的。

一天下午放学后,我正低着头下楼梯,一不留神就撞上了一个正站在楼梯转角处看往届学生照片的人。

我才发现那是奥尔佳,她正紧紧地盯着一张带相框的照片。

“哎哟,奥……奥尔佳!我差点儿就把你给撞倒了。”

“那你怎么赔偿我?”她笑着说。

“是真的,我很抱歉没注意到你。”

“好啦!别说什么傻话了,快看!”她抓住我的袖子,又指着墙上的一张照片说道。

我们在看照片的时候,数十名同学推搡着从教室里走出来,从我们身边经过。

那张旧照片中,有二十来个学生围在老师身旁,他们当中有些脸上还带着睡意，有些则满脸的不情愿，大概是因为他们光想着去校园里玩吧。

“那是拉萨罗老师吗？”当认出照片中的那个男人时，我问道。

一位穿得一本正经的老师站在楼梯最前面，而他的二十五名学生则沿着楼梯排成了完美的队形。

“我想是的。”奥尔佳回答道。

“他看起来比现在要年……年轻。”

“多么风华正茂呀！”她笑了，“这张照片已经有二十五年了。但我要你看的不是他。你注意看那个站在他旁边的男孩。他是班上最高的，对吗？而且他的鼻子有些奇怪。”

如果这时候有人扎我一下，那他肯定看不到我的血，因为当我一眼认出那个站在拉萨罗老师旁边的男孩时，我全身的血液瞬间凝固了。

“那是加布列尔！”我大叫起来。

“你的那个怪物朋友？”

“是的，我认……认为是他……”

这张照片虽然已经泛黄，但可以清楚看见下方写着“五年级B班，1990—1991学年”。

那时加布列尔才十一岁，但是他已经比老师高出一个头了，比起其他同学则高出了两三个头。不仅如此，他的手和头也已经与旁人有些不同了，仿佛他身体里那个不按秩序生长的部分已

经被唤醒了。

接着我们又看了后面几年的照片，加布列尔都不在其中，好像五年级之后他就辍学了。我想那个垂体和生长激素那时已经开始在他身体里发挥作用，而在此之前不久，这个小小的身体上还满是妈妈的吻。

“你知道我们接下来该做什么吗？”奥尔佳迫不及待地说道，“我们得去和拉萨罗老师谈谈。如果说这所学校里还有人熟悉加布列尔的话，那就只有他了。”

拉萨罗老师在这所学校教授数学和自然科学已经有三十多年了。事实上，所有人都知道他还有两年就要退休了。他是一个消瘦的人，因严谨而出名，在他的课上，连只苍蝇都不敢乱动弹。这并不是因为他会大声喊叫或者高声呵斥，他只要动动眉毛就能轻易威慑住二十来个淘气的学生。

在发现照片后的那个下午，我们等到所有人都离开了学校才走进六年级的教室。当时拉萨罗老师正坐在教师桌旁批改测试题。看见我们走近，他摘下眼镜望着我们。

“你们好，孩子们。”

我们在他面前坐下，奥尔佳立即问出了我们感兴趣的问题：“您曾经做过加布列尔·因维尔诺的老师吗？”

拉萨罗老师将作业本放进了抽屉里，然后好奇地看着我们。

“是的，你们怎么知道？”

“我们在楼梯间看到了一张照片，在那张照片中认出了你们。”

“二十多年前，我是小学五年级的老师，我想我应该还记得呢。有只小鸟告诉我你成了他的朋友，对吗，阿贝尔？”

“您怎么知道的？”

“我告诉你了呀，一只小鸟……不，阿尔姐芭老师全都告诉

我了，她什么都知道。”

“是的，他辅导我做作业。”

拉萨罗老师的眼睛亮了起来，他微笑着说：“我注意到了。卡门老师在办公室里说你的作文进步很大，拼写错误也减少了很多。不仅如此，你在数学上也有显著的进步。”

我向他道谢。奥尔佳继续问道：“为什么加布列尔不再来学校了？”

拉萨罗老师拉了拉椅子，擦拭起他的眼镜。

“你们知道加布列尔·因维尔诺患的是什么病吗？”

“一种叫作肢端肥大症的疾……疾病。”我赶紧说道。

“没错，就是肢端肥大症。得了这种病的人，身体发育会出现异常，而且所有的器官都会受影响。”

我了然地点了点头。加布列尔已经给我解释过好几次有关生长激素的事情了，我只等着老师接着往下讲我们真正感兴趣的事。我隐隐感觉到，一定是发生了什么非常严重的事情才导致加布列尔辍学在家。

“加布列尔是我们学校有史以来最杰出的学生。”拉萨罗老师接着说道，“但是一夜之间他的身体就变得不太正常了。我想那应该是在他三四年级的时候。起初同学们还只是觉得有趣，但很快那突出的身高和变形的脸庞就成了他被嘲笑的理由。他的周围尽是窃笑、取笑和玩笑。孩子们叫他‘萝卜头’‘南瓜头’，还有‘怪物’，还给他编了几首打油诗，你们肯定想得到是什么类型

的诗……尽管如此,加布列尔还是没有退缩。他努力地忍受着这一切。他本可以打某些人的屁股,但他没有。他那巨大的身体里装的都是美好。”

“我知道。”我赞同道。

“有一天下午,他的同学们做了件非常过分的事,他们用极为恶劣的方式羞辱了他。”

“发生了什么事?”奥尔佳问他。

老师的脸上阴云密布。

“那天离开学校后,加布列尔是跑着回家的,因为几乎全班同学都在大街上追逐他,嘴里还大叫着‘怪物’。他摔倒在地,而且胳膊脱臼了。那些无耻的家伙趁机扒掉了他的裤子,将只穿着内裤的他留在了大街上。”

“真是混蛋!”奥尔佳握紧拳头,愤怒地大叫,“如果让我抓住他们的话,一定要抽他们的嘴巴!让他们看着带头闹事者穿着芭蕾舞裙在圣贝尼托钟楼顶上跳嘻哈!请原谅我的粗鲁,拉萨罗老师……”

老师从鼻子里发出了笑声,但我什么也没说。我觉得那真的是最恶劣的羞辱,我连想都不敢想。

“阿尔妲芭老师和卡门老师……”拉萨罗老师继续说道。

“怎么?她们做了什么?”奥尔佳问道。

“她们得知发生的事情后,差点儿动手给那些无赖几棍子。好在我及时阻止了。至于加布列尔……”拉萨罗老师接着说道,

“他妈妈试图说服他不要放弃，让他不要畏惧所发生的一切。但加布列尔却并不这样认为，他从此便宅在家不再出门了。我们想尽一切办法让他回心转意，但他的父母已经同意了他的决定，加上当时给他治疗的医生也建议他彻底休养。现在他应该得有三十三四岁了吧……”

“是三十六岁。”我纠正了他。

“但那件事到底是谁带头干的？”奥尔佳好奇地问道。

“你们可能还真的认识他们，尽管他们现在已经是成年人了。就是你们班乔尔和埃里克的父母。”

奥尔佳和我都瞪大了眼睛，我感觉到自己的喉咙一下子变得又干又紧。让加布列尔的人生变得不幸的人竟然是赫特人贾巴和暴风兵的父母。而他们的儿子在二十五年后又对我做了同样的事。

加布列尔说得没错，任何事情的发生都是有原因的，而“霸凌”这件事尤其如此，就像人们常说的“有其父必有其子”。

“他没有报复。”拉萨罗老师继续说道，“我想这是最好的处理方式。因为我也不知道如果他反击的话会发生什么。患上他这种病的人除了身材比例超常外，还会有惊人的力气。你们没注意到他的手吗？”

“注意到了。”我喃喃地说。

那个时候我想起了莫里斯·提列特和巨人安德烈的海报。他们俩的胳膊和手掌是普通人的三倍。

“他有着起重机一般的力气。”老师接着说，“幸好他那天没动手，虽然我认为他完全有这个实力。”

“为什么他没有？”奥尔佳追问道。

“因为加布列尔是个好人，奥尔佳。最重要的是，他有一颗金子般的心。他不会伤害任何人。”

然后拉萨罗老师打开桌子抽屉，从里面掏出了一本相册。他将相册翻开，给我们展示了加布列尔在学校最后一年里留下的一些照片。

“唯一能让他走出家门的，”他说，“是别人对他的需要。当他深爱的人处在危险之中时，他会在冲动之下走出家门，因为如果他反复思考的话，他就不敢迈开步子了。他需要极大的勇气，更确切地说是拿出全部的勇气。现在你们知道他以前的事了，也知道他二十五年足不出户的原因了吧。你们如果去探望他的话，能不能替我问候他？”

我们俩都点了点头，随后离开了教室。我们离开时比进去时更加忧心忡忡。

与拉萨罗老师交谈之后，我感到非常羞愧。我不知道二十五年前发生的事，却在无意识的情况下，用和那些人一样粗暴的方式对待了加布列尔：我曾叫他“怪物”，最糟糕的是我明知那不是真的。从那一刻起，我决心做些什么来修复我和他之间的关系，而且我希望越快越好。

14.走出家门

我们离开学校的时候肯定已经过了六点。一路上，我们只是静静地走着。我拖着沉重的步伐，而奥尔佳则推着自行车走在我身旁。

“现在我们知道他为什么这么害怕出门了。”她开口说道，“他很恐惧。”

“我觉得我得向他道……道歉。”我大声说出口，“之前的那些事我都不知道。”

“你想要我陪你去吗？”

“我认为这是我该独自去做的事……事情。你能理解的，对吗？”

“是的。”她有些沮丧地答道。

我们就这样低着头走到街口，然后分开了。

“祝你好运！”奥尔佳祝福我。

我先经过我家门前，然后又继续向加布列尔家走去。我这次也没有敲门，而是像过去几个月那样，进了门上了楼梯。

光线还是像往常一样，从走廊尽头的房间门缝里透出来。我用指尖推开了那扇门，看见加布列尔正坐在桌子前，手里拿着书。

我感觉他的状态很差，脸色比之前更加苍白，身体更加佝偻、更加虚弱，总之各方面都更加糟糕了。

在与加布列尔断绝来往的这段时间里，妈妈曾问过我是否一切都好。我只用含糊的单音词或者难以听懂的话回答了她，她也没有再追问下去。或许她相信就算有什么问题，我也能自己解决。

看见我站在门边，加布列尔非常震惊，他的眼睛直直地盯着我。

“我全都知道了。”我小声说道，“拉萨罗老师都告诉我了。我知道你为什么不愿意出门，也知道你在我这个年纪时的遭遇了。我很抱歉，加布列尔，真的……”

“你说的是真的吗？”他笑了。

“是的。我不该跟你说那样的话，那都不是事实。我当时只是太生气了。”

加布列尔将那本用胶带修补了一半的诗集放在桌子上，站起身给了我一个大大的拥抱。莫里斯·提列特和巨人安德烈都笑了，而史莱克和埃尼戈·蒙托亚揉着眼睛，仿佛有沙子跑进了他

们眼里。

“请原谅我，阿贝尔。请原谅我。”加布列尔抽泣着，紧紧地抱着我，有那么一会儿我都担心他会把我勒成两半。

“没有什么需要原谅的。”我回答道。

“现在你知道了。我就是个胆小鬼，真的。你还记得我不想外出的那些日子吗？因为我害怕被人看见，害怕被人嘲笑……”

“我们都一样，我们都会害怕，加布列尔。我不明白为什么像你这样的人也会怕。”

“恐惧是不分大小的，阿贝尔。恐惧是发自内心的，有时候它就是紧紧地抓住你的心脏不肯撒手。”

“我们是一对胆小鬼。”

加布列尔向窗外望了几秒钟，然后说道：“我太想出去了……”

“我更希望将一朵云拴在我的房间里，这样它就不会飘上天了。”

“云生来就是要飞的，阿贝尔。”

“我知道啦。”

这时，云朵儿的一声轻啼吸引了加布列尔的注意。他用一只手擦干了眼泪，然后打开鸟笼，将它捧了起来。

“它饿了。你想给它喂食吗？”他喃喃地说。

我接过那只小鸟，在金翅雀啄着谷物的时候，加布列尔喃喃自语道：

“等到我再也没办法给它喂食的那天，我会让它自由的。”

“你说什么？”

“没事，我自言自语呢……”

突然，我灵机一动，然后笑了。

“你想和我一起看另外一部《星球大战》吗？”我问道。

“哪一部？”

“第三部，《绝地归来》。”

“你有吗？”

我点点头，加布列尔激动地看着我，但他很快就改变了主意。

“你的作业完成了吗？”他问道。

我摇了摇头。

“那我们先写作业，你觉得呢？已经是学期末了，你得努力才能获得好成绩……”

“那我得花很长时间才能写完！”

“别开玩笑了，我会帮助你的。我们就从数学开始吧。”

我从书包里拿出作业，在做小数计算的时候，我停了下来，目不转睛地看着他。

那时他正躺在床上，手里拿着书。他发现我正注视着他，于是将书放在了枕头上，用极尽温柔的眼神看着我。

“加布列尔……”我咬着笔头，看着他。

“嗯？”

“如果有一天……如果有一天，他们又打我了……你……”

史莱克、莫里斯·提列特和巨人安德烈也疑惑地看着他，埃尼戈·蒙托亚的手甚至在颤抖，但他们听到加布列尔的回答后，终于松了一口气。

“这样的事再也不会发生了。我向你保证。”

多亏了加布列尔，我的家庭作业得以轻松完成。在晚饭之前，我们看了《绝地归来》，就像第一次看电影时一样，我们都非常激动。

在我离开之前，加布列尔抓住我的肩膀，凝视着我。

“你的朋友奥尔佳什么时候来看我？”他问道，“我想认识她。”

“很快就会。”我微笑着回复他，心脏在胸腔中兴奋得怦怦直跳。

第二天早上，在卡门老师的语言课开始之前，我找到奥尔佳，并在她耳边小声说道：“你知道吗？”

“什么？”

“加布列尔想见你。”我得意地说。

她激动得跳了起来，满脸笑容地看着我。

“你没骗我吧？这是真的吗？”

“是的，真到不能再真了。你想什么时候去？”

“问我想什么时候去？你疯了吗？肯定是今天呀！”

说走就走，那天下午五点的时候我俩一起离开了学校，朝着种满香蕉树的街道走去。那时已经是五月底了，白天越来越长，天空也越来越蓝，很少能看见云。

途中奥尔佳还在不停地向我提问。她异常激动，我也竭尽所能地回答了她所有的问题。

她的自行车在她身旁转动着轮子，一切似乎都很完美，直到……我突然抓住了她的胳膊。

“怎么了？”她吓了一跳。

“快看！”

我用余光早早就看见了达斯·维达、赫特人贾巴和暴风兵，他们正躲在这条街靠近加布列尔家的那棵最大的树的后面。

我的朋友说得太对了：霸凌者是不会单独行动的，他们彼此需要，因为在内心深处他们才是最懦弱的人。

我已经得知他们的父母在二十五年前对加布列尔·因维尔诺做过的事，很有可能他们在家里也是用这样的方式对待自己的孩子的。那种暴力行为会像瘟疫一样蔓延。人们常说“有其父必有其子”，不论是好是坏，孩子总是会继承他们父母的一些品性。

但是眼下我没时间考虑这些，因为他们三个突然从树后蹦出来，想要吓唬我们。不过，让他们失望了，奥尔佳和我都不为所动。

“快瞧瞧我们的屎蛋儿。”达斯·维达蹦出一句，“今天和另一

个屎蛋儿一起来了。”

我此刻就像一发射出的子弹，径直朝着他们走了过去。奥尔佳陪在我身边，给了我前所未有的力量。

世界上再没有什么能卡住我。自从加布列尔让我在嘴里放进那些彩色的弹珠之后，我的口吃已经改善了很多。我的双眼死死地盯着达斯·维达，深吸一口气后开口说道："是呀。这条街上的确有一个屎蛋儿，那就是你。"

这种感觉真是太好了。我屏住呼吸，毫无阻碍地说出了那句我已经准备了好几天的话。我把它完完整整地说了出来，达斯·维达完全呆住了。

然后，我们从他们面前经过，继续朝加布列尔家走去。我能感觉到背上汗水直流。

"你以为我们不知道你在做什么吗，怪物的朋友？"达斯·维达在我身后大喊，"在我们动手之前快滚吧。"

"那就是我正要去做的事，我不知道你看见了没？"我指着加布列尔家，回击道。

赫特人贾巴偷偷地靠近我们，蹦出一句："可是今天我们不会让你去怪物家的。"

我已经烦透了那伙人，如果一切能按照正常的样子发展，那将是非常美好的一天。

"我会去我想去的地方，想什么时候去就什么时候去。"我头也不回地答道。

“快走开，臭嘴巴！”奥尔佳骂道。

我们俩都没有理会他们，并且毫无畏惧地继续向前走。我们这样的反应远远超出了那三个疯子的意料。受害者没有哭泣是无趣的，于是他们又像往常一样——只动手不动口。他们朝我们扑过来，我闭上了眼睛准备接受疾风骤雨般的拳打脚踢。

但还没等他们碰到我，我就听见一声震慑人心的吼叫。

加布列尔多年来第一次打开了家门，并迈出门槛。他不仅没有为了避免碰到门框而缩起身子，反而主动向那群家伙展示自己有多高。

他在房门口站定，然后慢慢地从门廊的三级台阶上走下来。最后，他伫立在花园里，一手握住橡树，另一只拳头带着威胁的意味向空中扬起。

他的突然出现让香蕉树的叶子都不再晃动，然后那个看上去像山一样的人径直朝那三个家伙走了过来。

那三个笨蛋被吓得一动不动，嘲笑的表情也僵在了脸上。达斯·维达和赫特人贾巴害怕得松开了手，我赶紧跑到大块头的旁边。与此同时，我感受到他的一只大手落在了我的肩头。加布列尔像秋天的落叶一样颤抖着，然后他费劲地张开了嘴，从喉咙里发出了一声咆哮，那声音在镇子的另一边都能听到。

“快离开这里！”他吼道，“我是怪物加布列尔，吃小孩儿就像吃点心！你们伤害了我的朋友，准备受死吧！”他戏剧性地说完了台词。

那三个呆若木鸡的家伙很快就看到他用力握紧的拳头，也听到了他手指关节的咔咔声。

我知道光是走下楼梯来到街上就已经耗费了他几乎全部的力气。他克服了过去二十五年来一直将他困在那个房间里的那份恐惧。

那三个家伙仰着头才能看到他的脸。他们可能已经不知道该大喊、尖叫，还是哭鼻子好了。

在加布列尔第三次喊出“我是怪物加布列尔！你们伤害了我的朋友，准备受死吧”时，他的意志异常坚定。那三个人见状，连忙转过身逃到了街上，慌慌张张地哭喊着找妈妈。显然，他们已经被吓坏了，但他们在绝尘而去时，竟然没有尿裤子。

我察觉到在心中筑巢的那只石鸟正追赶着那三个只敢一起行动的胆小鬼。我感觉自己好像突然变大了，我的手脚都长长了，我变成了像加布列尔一样高大的人。

我底气十足地握紧了双拳，想要去追赶他们，好让他们饱尝我受过的所有羞辱。加布列尔意识到了这一点，他将一只手放在我的肩膀上，阻止了我。

“别管他们。”他对我说，“没有必要。”

大块头同样自豪而感激地看着我。我感觉胃里像打了个结似的，虽然我什么都不敢说，但我知道我们俩都卸下了心里的重担。

“被损……损坏的东西是可以修复的。你知……知道的，对

吗，加布列尔？”我对他眨了眨眼，说道。

他耸了耸肩，就好像什么都没做似的。很快，他注意到，这一天下午我是有人陪同的。

“这个好女孩是谁？”他睁大眼睛问道，“她是你的朋友吗？”

奥尔佳还不敢相信眼前的一切，她不得不仰起脸来思考。

“谢谢你救了我们。”她对加布列尔说道。

有好一会儿，我和她就牵着手站在加布列尔身旁，我们笑得嘴巴都咧到了耳朵根，我们的眼睛都注视着那三个在街上飞跑的傻瓜。

当赫克托、埃里克和乔尔从我们的视野中消失时，我注意到加布列尔的额头上挂满了汗珠儿，他的双手也在颤抖。这个大块头快没有力气了，但他带来的影响却是惊人而奇妙的。从那一刻起，我知道自己和那些家伙之间的倒霉事都已经结束了。他们再也不敢从那条街上走过，也不敢袭击我了。

“你刚才说的那句话是什么意思？”我们帮助他在花园的长凳上坐下时，奥尔佳问他。

他擦去脸上闪闪发亮的汗珠儿，颤抖地解释道：“那是电影《公主新娘》中的台词，为了让它贴近现实，我做了点改动。”

加布列尔对这部电影里的人物对白、人物生活还有各种情节都如数家珍。那句“你们伤害了我的朋友，准备受死！”的台词来自剑客蒙托业，他的海报止和巨人安德烈的一起挂在加布列尔的房间里。

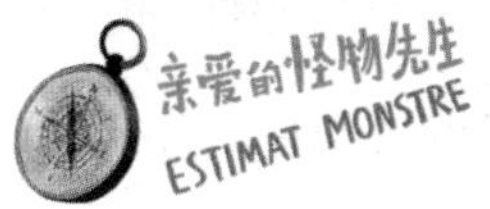

这次非同寻常的冒险让他有些筋疲力尽。过了一会儿，他说道:“我们进去吗？我记得冰箱里还有柠檬汽水。”

我和奥尔佳牵着他的手，迈上门廊的台阶，走进了房子。

15.撕心裂肺的离别

事情发生两周后，我收到了六月份的成绩单。我用颤抖的手将它打开，一瞬间我感觉自己两眼昏花。我通过了所有的课程，其中，语言课的卡门老师给我打了7分，从可怜的5分变成了7分！

各科成绩都很不错，我高兴得跳来跳去。在将成绩单带回家之前，我迫不及待地想要先拿去给加布列尔看。

“我全都通过啦！我全都通过啦！”我高呼着一步三级地跳上了楼梯，然后门也没敲就跑进了房间。

加布列尔摘下眼镜，然后慢慢转向我。我觉得他苍老了很多，但即便如此，他仍对我报以微笑。

“真的吗？你没跟我开玩笑吧？”

“是真的。”

“我的天哪，阿贝尔！”他在看完成绩单后惊呼起来，“多么惊人的成绩呀！真是令人欣——喜——若——狂！”

云朵儿也铆足了力气高声啼叫起来，我们都怕它会高兴到爆炸。早已被惊醒的史莱克、莫里斯·提列特、菲兹克和维斯特雷在彼此的背上轻拍着道喜。

我给了加布列尔一个拥抱，那感觉就像抱住了一座大山。我突然觉察到大块头的手正颤抖地轻抚着我的头。

“那你写……写完了吗？”我急急地问道。

“什么东西？”

“你之前写……写的那首诗呀。”

“没，还没有呢。我写诗向来很慢。”

“我明白了……我……我能读一读吗？它长不长？”

“这两个问题的答案都是‘不’。”

我闷闷不乐地看着坐在椅子上的他。

“总有一天我会把它读给你听的。”加布列尔对我说。

“你能向我保……保证吗？”

“我向你保证。”

我非常高兴，迫不及待地期盼着暑假的到来。我们已经做了很多计划，奥尔佳也会和我们一起玩。加布列尔很喜欢这样，因为三个人一起要比两个人一起好玩儿得多，我们仨在一起可以做成更多的事情。奥尔佳的加入使我们这个组合变得完美，因为她什么都会做。我们会一起搭建一个千年隼号模型，加布列尔还会帮我做一个和他放在书架上那个一模一样的弹弓，当然还会

有很多其他的东西。如果加布列尔因为手指的原因无法亲自动手的话，我和奥尔佳就会充当机械师，我们会完完全全按照他的指示来做。我们还会做帝国部队以及各种战舰模型。我们还要去公园，可能会在那条穿过贝拉维斯塔小树林的河流里钓鱼，当然还会做许许多多的事。

我们聊天儿的时候，我看着加布列尔，他的眼睛里闪过一丝忧郁。尽管他正笑着，看起来也非常高兴，但我感觉到他很疲惫，就好像……

本学年的最后一天到来了，天亮的时候空中乌云密布。一切突然发生了变化，就像很多事那样，没有预兆，突如其来。我的小小世界就像被巨浪冲垮的沙堡一样瞬间崩塌。

那天下午五点一刻的时候，我走到了香蕉树大街的街口，看见妈妈正在家门口等着我，我就觉得事有蹊跷。我迈着迟疑的步子走向她，眼睛一直盯着她手上拿着的三卷海报。

“他把这个留给你了。”她告诉我。

“这是什么？”我心中警铃大作。

我将它们一一展开，这让我更害怕了。它们是史莱克、穿着短裤的莫里斯·提列特，还有《公主新娘》的海报。《公主新娘》的海报上出现了那个头发凌乱、留着长鬓角的巨人菲兹克，他的身旁还跟着那位长着大胡子、目光敏锐的剑客埃尼戈·蒙托亚，以及穿着黑斗篷的维斯特雷。

“这是什么意思？”我诧异地问道，“谁……”

我立刻转过身去，心脏不安地跳动着。加布列尔家门口正停着一辆闪着警灯的大型救护车。

那时，玛蒂尔德夫人正坐在副驾驶座上，两位健壮的男护工正在帮助加布列尔踏上车辆后部的台阶，并协助他躺在担架上。我害怕地看着他们，其中一位护工在我的大块头朋友身边坐下。而另一位则关上了门，然后坐进了驾驶室。

“加布列尔！”我惊恐地尖叫着，抬腿就追过去，“加布列尔！”

但是距离太远了，还没等我追上，救护车就开动了。我的尖叫声追随着加布列尔消逝在风里。

“加布列尔！”我歇斯底里地叫着，“加布列尔！”

突然，一阵巨大的敲击声传来，救护车仿佛被一股看不见的力量驱使着，开始摇晃起来。

车在行驶了几米后停了下来，后门打开了。加布列尔正在向那位男护工道歉，后者一脸震惊地看着他。

大块头的拳头大得不同寻常，救护车的车厢内壁都被他敲得凹陷进去了。

当他们看到一个戴着一副几乎和脑袋一样大的眼镜的瘦弱男孩正朝救护车跑过来时，那些可怜的医护人员更讶异了。

“加布列尔！”我哭着大喊，而他接住了飞扑而来的我，“我不想……我不想让你死……”

加布列尔轻轻地抚摸了我的头，又用大手托起了我的脸。我

们视线交会。我的眼里噙满泪水，而他的眼里也满是忧伤。

加布列尔的声音颤抖着："我没事，阿贝尔。我不会死的，至少不会马上就死。"

"那你要去哪里？他们要带你去哪里？我不要你离……离开。你还好吗？"

"一切都好，阿贝尔……但是他们得给我做些检查，也许……"

这时，加布列尔的妈妈也从救护车上下来了，她伸出一只手轻抚儿子的后背，在他耳边低语了一句。加布列尔用力地吞了下口水，然后点了点头。

"就是这样，阿贝尔，是这样的……"他深情地看着我说，"你还记得我们聊过的吗？我家对我来说已经有点儿小了，他们告诉我离这儿不远的地方有一个住处……"

"不远是多远？"我抽噎着。

"你知道普拉多贝洛吗？"

"普拉多贝洛？"我生气地惊呼起来，"那儿距离这里有一个小时的车程，加布列尔，那可不行！那可不行！"

他的眼里涌出两颗晶莹的泪珠，而我则紧紧地搂着他的脖子。

"之前你为什么什么都没跟我说？"

"因为我不希望你为此痛苦。现在你已经长大了，也更勇敢了。你不再需要我了。"

“这是什么傻话，加布列尔！我当然需要你。”

他没有回答我，而是转向了那栋大房子。他房间的窗户正大敞着，窗台上云朵儿的鸟笼闪闪发光。笼子的门也敞开着。

“你已……已经让它自由啦?！”我惊呼道。

“是的，我希望它自己飞走。它现在已经长大了……”

此刻，云朵儿正站在那根轻拂着他房间窗户的枝条上啼叫。

然后，大块头用全世界最温柔的眼神看着我，又伸出香肠般的手指轻抚着我的脸颊。

“但愿我还有一百年的时间能陪在你身边。”他喃喃地说着，同时用手拭去了我脸颊上的泪水，“别哭，阿贝尔。我们一定还会再见面的，你觉得呢？”

我点了点头，然后在那几位护工的帮助下，加布列尔重新回到了救护车上。

“愿原力与你同在！”他像个真正的绝地武士那样道别。

加布列尔的妈妈也给了我一个甜蜜的微笑和飞吻，同时她又轻声说道：“谢谢你，孩子。你不知道你对他的帮助有多大。”

接着那两名护工也上了车,救护车在香蕉树大街上驶远了,朝着通往普拉多贝洛的公路开去。

我呆呆地站在原地，一直目送救护车远去直到消失……我的心仿佛已被连根拔起,只剩一副躯壳陪我走回了家。

妈妈在门口等着我，她拥抱了我。她的眼里肯定又进了沙子,因为它们红通通的。

“你之前知道吗？”我喃喃地问道。

“是的,他妈妈一个星期前就跟我说了。”

我沮丧到根本无力争辩,只能低声抽泣。

“为什么没有人告诉我？我已经长……长大了。”

妈妈满眼柔情地看着我。

“你的确成长了很多,尤其是你的内心,阿贝尔。加布列尔恳求我们不要告诉你,因为他承受不了当面道别的难过。离别对他来说同样是非常沉重的打击。几年前他就该离开的,但他不敢。两周前好像发生了一些不同寻常的事情，在那之后他就告诉他的父母,他已经准备好迈出这一步了。”

“这太过分了！”我抱着妈妈的腰,情绪爆发。

她搂住我的肩膀,然后看着我的眼睛。

“你真的希望他没事吗？”她问我。

“当然。”

“你很感激他,对吗？”

“不,妈妈。我不是感激他。我是喜欢他,非常喜欢。”

她抚摸着我的脸颊，轻轻地说:“但有时候我们不得不放下我们最爱的东西,阿贝尔。那里能给他提供更舒适、更便捷的生活。那是一个非常宽敞的地方,不会让他磕碰到。医生都建议他搬进去住,这样他们才能对他进行更密切的健康监测。你知道他的健康状况堪忧,对吗?”

我低下了头,我的确非常了解这些,但我仍然难以接受。

“他自己想离开吗?”我小声问道。

“他一点儿也不想。”妈妈摸着我的头回答道,“但他也不希望他的父母来承担照顾他的所有工作。他们年纪大了,而且已经照顾他二十多年了。”

“那我们能去看他吗?”

“当然,阿贝尔。我们当然会去。虽然不能像以前那样频繁,但是我们会去的。我觉得你离了大块头朋友简直都不能活了。”

那一刻，我感到我生命中一个非常重要的部分已随着救护车一起离开了,永远也没有人能把它再还给我。但是我也学到了受益终身的一课,那就是忠诚和爱是这个世界上最美好、也最持久的东西。

16.世界上最好的朋友

在那之后，妈妈带我和奥尔佳一起去过普拉多贝洛很多次，她从不会唠叨任何无关紧要的事。

几年的时间让我有机会验证了加布列尔对我说的话：妈妈们，除了会让世界变得更加美好外，还是这世上少有的会对我们讲实话的人。

是的，我们搭建了一个千年隼号模型，加布列尔帮我做了一个和他放在书架上那个一模一样的弹弓。当加布列尔因为手指不灵活而无法亲自动手时，我和奥尔佳充当了机械师，我们是完完全全按照他的指示去做的。我们做了帝国部队以及各种战舰。我们还去了公园，也在那条穿过普拉多贝洛小树林的河流里钓了鱼。加布列尔生活的地方，除了有河流，还有许许多多有趣的事物。

我从未因加布列尔的离开而责怪他，经过这么多年，我也已经明白,爱一个人的同时也要学会放他走,让他过上属于自己的生活。

我经常想念他,也常常会忆起他眼中的善良,以及不知不觉中他教会我的那些事。

我想起他在那栋矗立在香蕉树大街尽头并挨着贝拉维斯塔小树林的大房子里的日子,以及他坐在房间里那把椅子上的样子。

我想起他嘴里吟诵着诗句,手里摆弄着一支铅笔、一张纸和一本字典的样子。他正向窗外望去,眯着眼睛寻找灵感,当找到适合他那首“万花筒”的词句时,他露出了微笑。

我想起有时候一些词句并不符合他的想法时他气恼的样子,这时他会用力将那些诗页揉成一团,然后重新书写第一千零一页。

我想起他怀着无限的耐心教我朗读的样子,他从不会打击我,只是让手指跟随着我朗读的节奏在字里行间移动,尽管有时我会因为他的粗手指遮住了词句而将它拨开。

我想起我们在那盏扭曲的台灯旁一起学习的那些黄昏,他用手握住我的手,写着漂亮的字,或是帮助我完成一些特别困难的数学运算。

我想起他让我把那些彩色弹珠放进嘴里,并让我重复那些奇怪绕口令的时光,这种做法的确对我帮助很大;我还想起他在说我已经做得很好时绽露的笑容。

我想起云朵儿和布谷鸟之间关于谁啼叫得更响亮的竞赛。

我想起那个难忘的五月末的下午，我们一起克服了恐惧。

多年以来，我经常去普拉多贝洛看望加布列尔，直到我不得不离家远行的那一天。

我考上了大学，获得了物理学专业的奖学金，我将成为一名云朵观察者。正如他所说的那样，想要实现梦想就要学很多东西。就这样，我去了离家和朋友们都很远的地方，离开了加布列尔和所有的一切。

离开家后，我们一直保持通信。他的字迹看上去很笨拙，但行文简洁、文辞优美。他在信中问我是否看见过像泰坦尼克号一样的云，或者是像尤达大师或斯瑞皮欧一样的云。我在字里行间依旧能够读出那个我所认识的最美丽的灵魂。

有时候他会寄给我一首他喜欢的诗，而有些诗我至今铭记在心。

时光飞逝，在学校花园里举行毕业典礼的日子来临了。

典礼仪式是按照常规形式举办的。学术委员会安排的活动一项接一项地进行着……然后，终于轮到我了。

作为物理学专业的第一名，我被选为毕业生代表上台发言。

当典礼主持人向我招手示意时，我带着我的演讲稿起身走向讲台。

我很紧张，因为我很可能会有些磕巴。没错，很可能终其一生我都会磕巴下去,但我真的已经不在意。最勇敢的士兵才会被授予勋章,而口吃就是我的勋章。

我深吸了一口气,然后开始念道:

尊敬的校长、物理学院的院长,各位杰……杰出的专家老师们,亲爱的同学们,女士们,先生们,朋友们,我敢肯定我们当中有人从小时候起就喜欢观察云。

我从它们中能看出骏马,看出船……船只,还有其他很多事物。从小我就知道那些云的名字。在我十岁那年,一位智者告诉我,要想成为云朵的观察者就得学习物理学,还得非常努力才行,他说得很对。

我相信在座的各位都一样,我们走到今天或多或少都遇……遇到过困难。对有些人来说可能是失去了某位深爱的人,也可能是突如其来的病痛,抑或是一个难以完成的课……课题。

如果不是我父母坚定而持久的支持,现在我就不会出现在诸位面前,因为我从……从小就有严重的口吃。

那时候,我妈妈对于我口齿不清这件事并没有表现得十分在意,尽管很多时候它都是我被嘲笑的根源,且令她也很痛苦。她总是对我说她教育我是为了让我能靠自己摸索出一条道……道路,而她没办法帮我找到这条路。

其实我今天能站在这里,还应该感谢一个非常特别的人。他完全地信任我,与他相处的一年是我人生中最快乐的时光,是他帮我战胜了恐惧。他的名字叫加布列尔·因维尔诺,尽管因为严

重的病情，他今天无……无法到场，但我必须要感谢他。

接下来，我还感谢了在过去五年时间里陪伴着我们的老师和其他工作人员。然后，我的目光不经意地从眼前的人群扫过。

就在我即将结束演讲的时候，我想要说出口的那些话突然就像十岁时那样，堵在了我的嘴里，我只感觉到心脏的怦怦跳动。

一辆大型救护车停在了教学楼的后面，两名护工从车上下来。车厢后面的两扇门已经被打开，一个身形巨大的人正努力地走下来。

他成功下车后，开始一步步地向花坛走来，不一会儿那个巨人已经颤颤巍巍地走进了拥挤的人群中。

尽管那时他只有四十九岁，但他步履蹒跚，看起来非常苍老。他背部的骨头已经弯曲变形，他不再是很多年前一个十岁小男孩在贝拉维斯塔小树林附近的一所大房子里遇到的那个怪物了。

他掉了很多头发，为了使身体不晃动，他还得在两根拐杖的帮助下行走。但即便如此，不用说，他仍是会场上最高大的。

人们目瞪口呆地盯着他，就好像在看一个从童话故事中跑出来的食人魔一样，但他对此并不在意。

我的女友奥尔佳举手向他打招呼，加布列尔回应了她一个灿烂的笑容。

接着，他挨着我父母在第一排坐下，并且神色从容地向我打招呼。他在以自己的方式来祝贺一位完成了学业的云朵观察者。

我们已经有好几年没见面了，但当他看见讲台上身着礼服、头戴礼帽的我时，他的脸瞬间就明亮了起来。就像我以前去探望他的那些傍晚，他要么在帮我修补《星球大战》的玩偶，要么辅导我做功课或者和我一起看全世界最好看的电影，不管怎样，那些时刻他的脸上总是焕发着光彩。

“他是谁？”几位同学惊讶地问道。

我开心地笑了，然后毫不犹豫地回答：“他是其他人都无法拥有的世界上最好的朋友。”

加布列尔并不知道学校的规定流程，当我演讲结束时，他突然站起身径直向讲台走来。

毕业生和他们的家人，三百多双眼睛正惊讶地看着他，而此时他正靠毅力艰难地迈上一级级台阶。

我知道这对他来说有多困难。以他的身体状况，这就像是在攀登珠穆朗玛峰。不仅如此，他还要在全世界面前展现自己那么不好的身体状态。感谢上天，也多亏了那个骨瘦如柴、说话磕磕巴巴的男孩，加布列尔·因维尔诺多年前就战胜了他内心的恐惧。

登上讲台后，他深呼吸了几下，又向学术委员会的教授们轻语了几句，他们点头表示了同意。

然后，他用手扶着讲台，从口袋里掏出了一张纸。他把眼镜戴在高高隆起的鼻子上，又用手指轻拍了几下麦克风。敲击声通

过扩音器回荡着，一秒钟后他的声音响彻校园。

“经诸位允许，尊敬的学术委员会，亲爱的女士们、先生们……也许我今天出现在这个讲台上会让诸位感到惊奇，甚至是惊慌。但是几年前……”他说着看向了我，“我答应了我唯一的朋友，有一天……有一天我会给他念我写的诗……承诺了就得兑现，永远都该如此。”

说到这儿，他停下来深吸一口气，然后继续说道：“我觉得这一天已经到来了，亲爱的云朵观察者，我完成了这首诗。我为这首诗花了十几年的时间，但我觉得这是值得的。我把它献给你，要我给你读读吗？”

我注视着他那厚厚的嘴唇，仿佛我们周围的人都已不存在。我点了点头，泪水顺着双颊流了下来。

多年以前我就明白，一首诗就像一个万花筒。如果你可以在那些装着三棱镜和彩色玻璃的“圆筒”中看见五彩斑斓的景象，那么这首诗就算完成了，因为它已经是完美的了。

在最后一幕里，我和他就像卢克、汉·索罗和楚巴卡一样走在马萨西神殿废墟的义军部队中。有那么一瞬间，我甚至觉得我们身边会突然出现阿土地土和斯瑞皮欧。

莱娅公主身着漂亮的白色连衣裙正在颁发金质英勇勋章，而在史莱克、莫里斯·提列特、巨人安德烈和骄傲地抚着胡子的埃尼戈·蒙托亚的注视下，楚巴卡高兴地大声呼喊着。

这时，几片美丽的白色积雨云在蓝天中飘过，一只翅膀上带着柠檬黄斑点的金翅雀像什么也没发生似的穿过了云朵。

他那生锈般的洪亮嗓音，慢慢地从那无限善良的身体里，升到了柏树顶端，和校园里五彩斑斓的花朵一齐绽放。

而那个在大块头金子般的心的照耀下，实现了梦想的瘦弱的口吃男孩，终于听到了那首用尽心力写成的诗。

你眼中的那缕忧愁，
让我来猜一猜。
是哪阵恶风将它播散开？
它又是从哪座花园而来？

我向你伸出手，
想着你也许愿意与我同行。
隐藏在内心深处的忧愁，
我们也可以一同品味。

不，不要向我解释，
我也不会询问。
太阳，无言，
只依靠信念，
就温暖和抚慰了我们。

《亲爱的怪物先生》教学设计

周慧 / 青年教师、阅读推广人

【文本赏析】

听到“怪物先生”，你是不是马上想到了怪物的样子？圆滚滚的肚子、毛茸茸的手臂，一张血盆大口中露出獠牙……可是，这本书里的怪物，是一个患了肢端肥大症的男孩，他叫加布列尔。患病后，他长到了两米七八、三百公斤，同学们纷纷嘲笑他是个“怪物”。

故事里的另一位主角名叫阿贝尔，他个子瘦小，说话有些结巴，在人群里很不起眼儿。

你觉得，这样的两个人会成为朋友吗？

好的故事往往出人意料。在毕业典礼上，阿贝尔说加布列尔“是其他人都无法拥有的世界上最好的朋友”。仔细读，你会觉得他们命中注定要成为好朋友，因为他们太像了：都有异于常人的生理缺陷；都一样孤独；都曾被同学嘲笑和欺负……奇妙的是，

欺负他们的人还是父子关系。

当阿贝尔走近加布列尔，两个人的生活都发生了改变。

破镜，还能重圆吗？

中国有句古话，叫“破镜不能重圆”。可是，“被损坏的东西是可以修复的”这句话，在文中出现了三次。

第一次，阿贝尔的玩偶被损坏，他难过得想扔掉，可加布列尔说：“被损坏的东西是可以修复的。你知道的，对吗，阿贝尔？”果然，玩偶被加布列尔修复得看不出丝毫裂痕。在之后很长的一段时间里，他用无尽的耐心帮助阿贝尔提高了成绩，改善了口吃的问题。

第二次，破碎的东西是他们的友谊。那次，阿贝尔被欺负，他发现自己的好朋友竟然躲在窗帘后，不出来帮忙。于是，他认定加布列尔是一个懦夫，开始了冷战。几天后，他从老师口中得知了加布列尔的往事，了解了真相。愧疚的他决心修复他们的友谊。

第三次，修复的力量还在继续。一直以来，被霸凌的恐惧都扎根在这对好朋友的心里。要战胜它并不容易，那种感觉就像溺水，任凭你怎么挣扎都无济于事。而他们，恰好就是对方需要的救生圈。当阿贝尔再次被三个霸凌者纠缠，加布列尔终于克服了恐惧，走出了那间困住他二十五年的房子，吓走了三个霸凌者。看到这里，我忍不住在心里为他们疯狂鼓掌。

守护友情的冲动，让他们修复了缺失已久的勇气。

也是友情，修复了这对朋友原本并不美好的人生。

给予，有时也是获得

在这段友谊中，你会发现，加布列尔付出的实在太多了：

因为患病，他的骨质疏松，关节疼痛难忍，大多数时间他都只能躺在床上。即使身体上很痛苦，但他还是每天教阿贝尔做家庭作业；陪他练习绕口令；他还经常化身心理辅导员，给阿贝尔讲一大堆有哲理的话：

“在困境面前我们要永远保持勇敢，这样才能战胜恐惧。”

“有时候想要游历四方并不需要出门。”

“霸凌者是不会单独行动的。他们彼此需要，因为在内心深处他们才是最懦弱的人。”

那你再去故事中仔细找找，阿贝尔为加布列尔做了什么呢？

好像很少。

可是，你知道吗？在此之前，加布列尔已经孤单了二十五年。自从认识阿贝尔，他的世界才开始有了色彩。因为有人陪他一起看电影，有人听他读诗，有人因为他而获得勇气，改变了自己的人生。

因为阿贝尔的存在，加布列尔的眼睛经常闪闪发光，有了“开口笑”和“活下去”的愿望。

因为朋友而找到继续活下去的理由，这是对友谊的最好诠释。

给予，有时也是获得。

热爱，让你成为你自己

其实，这对好朋友还有个共同点：他们都有自己热爱的事。

阿贝尔热爱什么呢？故事的开头就告诉我们，他对云和其他天气现象有近乎疯狂的痴迷。在路上，他用观察天空的方式来解闷，并能从云里看出骏马、星星和船只。

那加布列尔又热爱什么呢？你一定会发现，他是个爱读书的人。他的房间里摆满了书架，只要身体允许，他就会读书。他最爱的书是诗人乔安娜的一本诗集，那些诗，写的都是他渴望的东西——友谊、信念、拥抱、力量。

你有这样的感受吗？沉浸在自己热爱的事情中时，我们浑身都充满了力量。它使我们总想往前走，陪伴我们寻找到希望。故事的最后，阿贝尔通过努力成为真正的云朵观察者，而加布列尔也完成了那首完美的诗歌。因为热爱，他们实现了心中的梦想，也成就了真正的自己。

阿贝尔和加布列尔让我们看到，好的友谊能够让我们认识自己、接纳自己，而发自内心的热爱则能让我们成为更好的自己。此刻，两位主人公的光芒不仅照亮了彼此，也照亮了正在阅读的我们。

【阅读单】

1.小小提问家

在阅读的不同阶段，我们总会产生不同的看法与疑问，而提问能够帮助我们更好地阅读一本书。请你运用提问策略去阅读这本书，记得边读边尝试解答自己的问题，还可以和同学交流自己的看法。

我在阅读开始时的问题：	我的回答：	□答案在书里 □答案是我的推测
我在阅读中的问题：	我的回答：	□答案在书里 □答案是我的推测
我在阅读后的问题：	我的回答：	□答案在书里 □答案是我的推测

2.阿贝尔的成长之路

阿贝尔是怎样从一个身材瘦小、说话有点儿结巴的小男孩成长为物理学专业的第一名的？在这段时间里，有哪些促使他成

长的关键事件呢？请用关键词或短语完成以下阅读单。

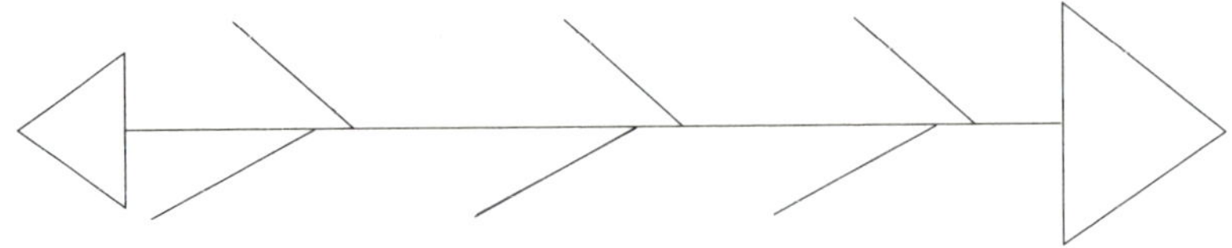

【话题设计】

1.最初看到这个书名的时候，你有什么疑问吗？读完后，你对这个书名又有了怎样的理解呢？

2.和加布列尔见过三次面后，阿贝尔为什么“感觉自己交到了一个真正的朋友”呢？请你仔细阅读，填好表格，为他们的见面点亮友情灯。

第×次	地点	细节	阿贝尔的感受	友情灯
第一次				♡♡♡♡♡♡
第二次				♡♡♡♡♡♡
第三次				♡♡♡♡♡♡

3.好的友谊，会助人成长。请你回顾小说内容，对照阅读单“阿贝尔的成长之路”想一想，为了帮助阿贝尔找回信心和勇气，加布列尔用心做了哪些事？生活中，你有这样的朋友吗？

4.小说中还有一段美好的友谊——奥尔佳和阿贝尔之间的

友谊。说说看，如果你可以选择奥尔佳或加布列尔当好朋友，你会选择谁，为什么？

5.小说中出现了校园霸凌，请你仔细阅读描写校园霸凌场景的句子，并且找出实施者、受害者、漠不关心者和正义使者，与同学交流一下这些人的行为哪些可取，哪些不可取？背后有什么原因？你的学校发生过霸凌事件吗？如果有，你又是哪一种角色呢？

6.本书的作者路易斯·普拉茨是多项儿童文学大奖的获得者，同时，他也曾是一名老师。想一想，作者为什么要写这样一本书？

【延伸活动】

1.找一找：佳句收集

小说中，云朵是有情绪的。请你收集作者利用云朵表达情绪的句子，并注意当时发生在阿贝尔身上的事件，说说你的发现。

云的小情绪	事件
云染上了我深爱的秋天的蜂蜜色	第一次见到怪物先生
金色的积雨云	第三次见到怪物先生
……	……

2.做一做：人物名片

加布列尔的哪些特点给你留下了深刻的印象？请你发挥创意，来给加布列尔做一张人物名片吧，可以试着把人物爱好与名片图形巧妙结合起来哟！

3.画一画：四格漫画

如果把小说改编成含有开端、发展、高潮、结局的四格漫画，你会选择哪些情节？拿起笔来画一画吧，记得配上文字说明。

4.读一读：拓展阅读

阅读一本书时，我们总会联想到自己的经历，产生自己的思考。这时，我们不妨将同一题材的作品放在一起进行比较阅读，梳理它们的相同之处和不同之处，让自己的思考更深入。

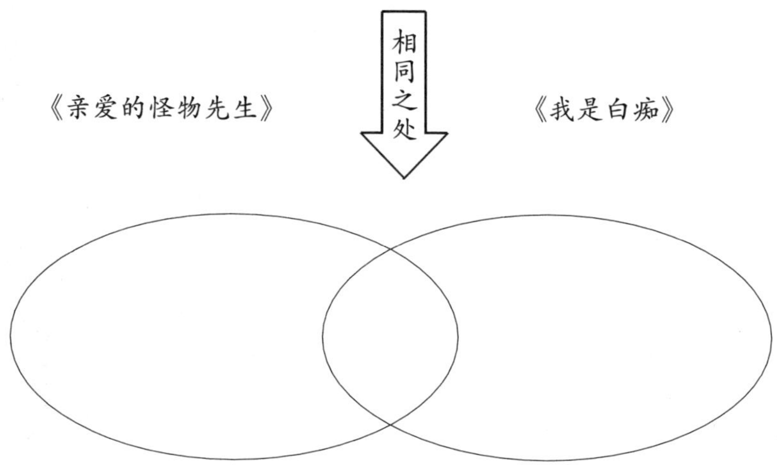

最后，如果你也像阿贝尔一样喜欢观察云朵，你还可以读一读本书为你准备的《云朵观察手册》。

扫二维码
获取电子资源